Philippe Besson

Philippe Besson est écrivain, scénariste et dramaturge. *En l'absence des hommes*, son premier roman, publié en 2001, est couronné par le Prix Emmanuel-Roblès. Depuis lors, il construit une œuvre au style à la fois sobre et raffiné. Il est l'auteur, entre autres, de *Son frère*, adapté au cinéma par Patrice Chéreau, de *L'Arrière-Saison* (Grand Prix RTL-*LiRE*) et de *La Maison atlantique*. En 2017, il publie *« Arrête avec tes mensonges »*, couronné par le Prix Maison de la Presse et porté à l'écran par Olivier Peyon en 2023. Après le succès du *Dernier Enfant* (2021) et de *Paris-Briançon* (2022), publiés chez Julliard, *Ceci n'est pas un fait divers* a paru en 2023, suivi de *Un soir d'été* en 2024 chez le même éditeur. Ses romans sont traduits dans vingt langues.

UN SOIR D'ÉTÉ

ÉGALEMENT CHEZ POCKET

Son frère
En l'absence des hommes
L'Arrière-saison
Un garçon d'Italie
Les Jours fragiles
Un instant d'abandon
Se résoudre aux adieux
Un homme accidentel
La Trahison de Thomas Spencer
Retour parmi les hommes
Une bonne raison de se tuer
De là, on voit la mer
La Maison atlantique
Vivre vite
Les Passants de Lisbonne
« Arrête avec tes mensonges »
Un certain Paul Darrigrand
Dîner à Montréal
Le Dernier Enfant
Paris-Briançon
Ceci n'est pas un fait divers
Un soir d'été

PHILIPPE BESSON

UN SOIR D'ÉTÉ

ROMAN

julliard

Le Code de la propriété intellectuelle n'autorisant, aux termes de l'article L. 122-5, 2° et 3° a, d'une part, que les « copies ou reproductions strictement réservées à l'usage privé du copiste et non destinées à une utilisation collective » et, d'autre part, que les analyses et les courtes citations dans un but d'exemple et d'illustration, « toute représentation ou reproduction intégrale ou partielle faite sans le consentement de l'auteur ou de ses ayants droit ou ayants cause est illicite » (art. L. 122-4).
Cette représentation ou reproduction, par quelque procédé que ce soit, constituerait donc une contrefaçon, sanctionnée par les articles L. 335-2 et suivants du Code de la propriété intellectuelle.

Conception graphique de la couverture : Valérie Gautier
Illustration de couverture : © Ingorthand *via* Getty Images

© Éditions Julliard, Paris, 2024
ISBN : 978-2-266-34403-6
Dépôt légal : janvier 2025

« *Those days are gone forever*
I should just let them go but
I can see you
Your brown skin shining in the sun »
Don Henley, « The Boys of Summer »

« Que sont les soirées devenues,
oisives et lentes de l'été,
étirées jusqu'à la dernière lueur,
jusqu'au vertige de l'amour même,
de ses sanglots, de ses larmes ? »
Marguerite Duras, *L'Été 80*

Aujourd'hui

Ce matin, au détour d'une rue, dans la ville où j'habite désormais, j'ai cru reconnaître son visage et sa démarche.

C'était absurde, bien entendu : tant d'années se sont écoulées depuis *les événements*, il aurait forcément beaucoup changé et le croiser aurait exigé un improbable concours de circonstances.

Pourtant, je n'ai pas pu m'empêcher de me lancer dans une étrange filature, de poursuivre cette silhouette simplement parce qu'elle m'a paru familière, d'emboîter le pas à un inconnu du seul fait de sa ressemblance avec l'homme qu'*il* pourrait être devenu.

Je me suis retrouvé à me frayer un chemin sur des trottoirs encombrés, à me faufiler à travers la foule, à traverser la chaussée sous des coups de klaxon. Je ralentissais le pas dès qu'il s'immobilisait, je maudissais les feux passant au vert au mauvais moment, puis je reprenais de plus belle. Finalement, n'y tenant plus, j'ai accéléré pour le dépasser et me retourner.

J'avais besoin de vérifier. D'en avoir le cœur net.

La vérité, si vous voulez que je vous dise, c'est que je ne suis jamais parvenu à me débarrasser de cette histoire, elle ne m'a jamais quitté, elle est là, quelque part, coincée dans les recoins de ma mémoire et resurgit de temps à autre. D'ailleurs, ce n'était pas la première fois que j'étais soudain aimanté par une ombre, une forme, une apparition fugace.

De la nostalgie ? Peut-être. Le regret de notre jeunesse insouciante, alors.

Une sorte de manque ? Sans doute. Comme si cette absence était impossible à combler.

De la culpabilité ? Celle de n'avoir rien vu venir, dans ce cas.

Vous savez, vous, pourquoi il faut que les belles histoires finissent mal ?

1985

J'ai dix-huit ans. C'est l'été, le commencement de l'été.

Depuis le pont du bac qui relie le continent à l'île, je regarde les véhicules alignés en contrebas, dans le ventre du bateau. Des familles, dont la nôtre, ont parfois attendu des heures avant de pouvoir embarquer. Mon attention est attirée par des enfants qui courent entre les rangées de voitures ; j'ai été l'un d'eux, il n'y a pas si longtemps. Puis je m'attarde sur les marins dans leur uniforme blanc, étincelant sous le soleil, qui assurent la traversée ; bientôt ils ne la feront plus, cette traversée, un pont va être construit, des gens importants en ont décidé ainsi. Finalement, je relève la tête pour observer les mouettes portées par le vent ; on jurerait que leur vol est immobile.

Et je ferme les yeux.

Je respire les effluves mélangés de carburant et de sel, j'entends le fracas des vagues contre la carcasse du ferry, je sens le roulis régulier. Je ne saurais dire si je suis triste ou joyeux. Probablement un peu les deux. Je pense à l'année scolaire qui vient de s'achever, celle de ma prépa, je songe à ce qui m'attend, partir à Rouen, c'est loin Rouen, loin de ma Charente natale, et je pressens que rien ne sera plus comme avant, que c'en est à coup sûr fini de l'adolescence, même si j'aimerais m'y raccrocher encore. Je pense à ceux qui ont été mes compagnons depuis le collège ou le lycée et que je ne verrai plus aussi souvent ou plus du tout. C'est une sensation déchirante. Déjà, si tôt dans ma vie, je trouve insupportable de perdre des gens. Pourtant, je souris un peu, ou, si je ne souris pas, je devine que j'ai un visage apaisé. Pas seulement à cause des yeux fermés. Ni à cause de la lumière chaude sur la peau. Non : cette douceur qui s'est dessinée, c'est parce que je vais retrouver l'île.

Quand je rouvre les yeux, un petit garçon, six ans peut-être, est planté devant moi. Il m'observe avec un drôle d'air, ou plutôt il me détaille. En fait, c'est mon tee-shirt qu'il ne quitte pas des yeux. Un tee-shirt délavé, au col échancré, avec une tête de Mickey sur la poitrine. Il doit penser que j'ai passé l'âge de porter des tee-shirts de ce genre ou, au contraire, ça lui plaît, il se dit qu'on pourrait être amis. Je le laisse me scruter sans lui poser de questions. Je ne sais pas m'adresser aux enfants. Avec eux, je suis toujours dans la maladresse. Je baisse la tête.

Cet été-là, mon frère n'était pas avec nous, je ne me souviens plus pourquoi. Peut-être travaillait-il chez Venthenat, l'usine d'emballages de Barbezieux, pour gagner un peu d'argent. En juillet et août, ils embauchaient des étudiants pour remplacer les ouvriers partis en congés payés. De toute façon, mon frère n'a jamais tellement aimé l'île. Je crois qu'en fait, il n'en aimait pas les habitants, ne comprenait pas leur état d'esprit – une certaine tendance à l'isolement et à la discrimination, selon lui, même s'il ne le formulait pas ainsi. Donc, il y a juste mes parents et moi. Ils me font signe de regagner la voiture, on approche du débarcadère.

Quand on accoste à Sablanceaux, tout m'est redonné instantanément : la route en mauvais état parce que les milliers de vacanciers débarquent forcément ici, la silhouette des pins parasols, la présence rassurante de la plage, l'odeur de varech à marée basse et, très vite, le camping du Platin où j'ai passé tant de journées, Christian, le meilleur ami de mon père, rencontré au service militaire, y possédant une baraque à frites qui ne désemplit pas. Un peu plus loin, une place avec un manège et un terrain de pétanque, des murets de pierre noircis, des maisons aux volets vert bouteille, un virage : on se dirige vers La Noue. C'est là que Christian habite, avec sa femme et ses deux enfants, là que nous sommes hébergés.

Dès notre arrivée, il y a les accolades, les embrassades, quelque chose de pas du tout mondain, pas du tout chichiteux, un élan sincère, irréfléchi, pour se dire qu'on s'est manqué depuis l'an dernier, qu'on est heureux de se revoir, d'être réunis. Si je peux me montrer sauvage parfois, ou insolent – certains me le reprochent d'ailleurs –, avec eux, je ne le suis jamais, c'est impossible.

Christian et Anne-Marie, sa femme, sont les seuls adultes avec qui je partage cette tendresse spontanée. Mes oncles, mes tantes, je m'en tiens éloigné, les fréquentant le moins possible, je ne me trouve aucun point commun avec eux, je ne souscris pas à cette fable commode des liens du sang, j'ai déjà compris qu'on choisissait les gens qu'on aime, qu'il ne fallait pas se les laisser imposer. Les amis de mes parents, les autres, ne m'intéressent pas tellement non plus. Lorsqu'ils viennent dîner à la maison, je ne leur adresse quasiment pas la parole, souvent je quitte la table, personne ne s'en offusque, personne ne me regrette non plus. Avec Christian et Anne-Marie, c'est différent. Pas parce qu'ils m'ont vu naître (les gens de ma famille aussi m'ont vu naître), mais parce que j'ai toujours été joyeux en leur compagnie. Avec eux je n'ai jamais ressenti de morosité, d'ennui, de tension ou je ne sais quoi encore. Ça a toujours été facile. Et, avec eux, il y a toujours eu l'été, le soleil. Toujours.

François, en revanche, n'est pas là pour m'accueillir. Sa mère m'explique son absence : « Il a filé au bourg. Pour s'acheter des cigarettes en cachette, j'imagine. Il croit que je n'ai pas deviné qu'il s'était mis à fumer, il me prend pour une cruche. » Elle dit « cruche » et pas « conne ». Anne-Marie ne parle pas comme ça.

Je monte à l'étage pour déposer mon sac dans la chambre de François, qui devient la nôtre pendant les vacances. Lui et moi, on a le même âge, à quelques semaines près, je suis l'aîné, on n'a pas grandi ensemble, on a grandi en parallèle, on se retrouve tous les étés, on a nos habitudes. Il pourrait s'agacer de devoir partager sa chambre, mais ce n'est pas le cas. Je constate qu'il a d'ailleurs fait un peu de rangement, masqué son désordre, et déjà installé mon matelas au pied de son lit. Le soir, on discute longtemps avant de s'endormir, même lorsque la lumière est éteinte et que le sommeil nous gagne. Dans les premiers jours, on rattrape le temps perdu. Ensuite, on parle de tout et de rien. C'est ça qui m'attend, qui nous attend, cet été. La permanence de ces habitudes me rassure. Je balance mon sac sur le matelas, avant de redescendre dans le jardin. Les grandes personnes se sont installées autour de la table, Anne-Marie sert à boire ; je distingue une bouteille de pastis, une autre de Martini. Je ne m'attarde pas, ce qui compte pour moi c'est d'aller rejoindre mon acolyte.

Je remonte la rue de la Cailletière à pied. Le trottoir est si étroit que je frôle en permanence les façades des maisons, les crochets des volets, les branches des roses trémières. Puis la place des Tilleuls s'ouvre devant moi. Je jette un coup d'œil en direction du bar-tabac. François est là, en effet, assis sur les marches, une clope aux lèvres. Comme souvent, il porte un marcel noir, un jean et des claquettes. À côté de lui, debout contre le mur, un type que je n'ai jamais vu fume lui aussi. Je m'approche sans un mot. Soudain, devinant ma présence, François lève la tête, le soleil envahit son visage, l'oblige à froncer les yeux, et malgré la lumière vive, malgré les yeux froncés, il me reconnaît et jaillit d'un bond pour m'enlacer. Il fait ça, enlacer, il ne serre pas la main, n'embrasse pas, il enlace (a-t-il chopé la manie dans une série américaine ?). Le type nous observe, vaguement surpris. Alors François nous présente l'un à l'autre : « Philippe-Nicolas, Nicolas-Philippe. » Il n'en dit pas davantage, les prénoms suffisent pour l'instant, la substance viendra plus tard.

Puis, pressant machinalement mon épaule et avec un sourire témoignant du plaisir franc que lui procurent nos retrouvailles, il ajoute : « T'es arrivé quand ? »

On marche en direction de la plage des Grenettes, aucun de nous ne l'a vraiment décidé, ça s'est fait comme ça, un réflexe, nos pas nous y guident naturellement. C'est loin d'être la plus belle plage de l'île, les galets rebutent parfois les amateurs de bronzette, des herbes folles courent dans les dunes, elle est surtout appréciée des surfeurs, les vagues y étant généreuses, mais c'est notre plage depuis l'enfance, à François et moi, on a passé tellement d'après-midi ici, adossés contre les ganivelles, à l'abri du vent.

J'en profite pour poser mes premières questions, davantage par politesse que par curiosité, à ce Nicolas qui nous accompagne. François, d'autorité, répond à sa place : il est « du continent » mais il est venu s'installer à La Noue l'hiver dernier avec sa mère, elle a décroché un travail à la mairie, et un logement. Je comprends qu'il n'y a pas de père dans cette histoire. J'imagine une séparation, un divorce, ce sont des choses qu'on voit de plus en plus. Nicolas semble à peine écouter, comme si on parlait d'un autre que lui. Il tire sur une Marlboro, la fumée contourne son visage baissé. Je peux le détailler sans qu'il s'en rende compte puisque nous sommes alignés, avançant d'un même pas, et que François s'est placé entre nous deux. Il a la maigreur des garçons grandis trop vite, des cheveux blonds, longs et fins qui lui dévorent les joues. Tout son être dégage une sorte de langueur. On a envie que l'été lui donne des couleurs et lui apprenne la nonchalance espiègle qui d'ordinaire nous caractérise. Je me dis : ça viendra. Je me dis : François ne l'a pas choisi par hasard.

Quand on se pointe sur la plage, elle est bondée. C'est le début de l'après-midi et personne n'a voulu perdre une once de soleil. De surcroît, la marée est haute : les enfants pourront aller se baigner après la digestion. J'observe cette accumulation de serviettes bariolées, de sacs informes, de glacières, de parasols, cet amoncellement de corps encore blancs ou juste rougissants car c'est seulement le début de la saison, ce mélange de couples, de gamins, de nourrissons, de vieillards – les gens seuls sont rares. C'est un spectacle qui m'est familier.

En ce temps-là, ce n'est pas bourgeois, l'île. On vient avec sa caravane, sa toile de tente, on n'a pas de résidence secondaire, ça n'existe presque pas les résidences secondaires, encore moins les villas photographiées dans les magazines de déco, ce sont des vacances pas chères, au camping, on a réservé longtemps à l'avance son emplacement sous un pin, on y installe son petit chez-soi pour trois ou quatre semaines, on sort une bonbonne de gaz pour préparer le frichti sous l'auvent, on mange sur des tables pliantes, dans des assiettes en carton, le soir à la fraîche on boit l'apéro dans des verres en plastique, on ne fait pas de manières, on veille au porte-monnaie, mais quand même, on offre une gaufre ou une glace au petit, on sait se payer des extras, et on se couche dans une grande promiscuité. Et l'après-midi, donc – c'est sacré – on va bronzer et faire trempette. On ne voit pas les journées passer. Dans l'enfance, je n'ai pas vu les journées passer.

François dit : « On aurait dû prendre nos maillots. »

Je m'aperçois qu'il s'intéresse à une fille qui doit avoir notre âge, peut-être un peu moins, une fille vraiment jolie, avec de petits seins rebondis, qui tire sur l'élastique de sa culotte, avant de se retourner pour s'étendre sur le ventre. À côté d'elle, deux adultes qui semblent être ses parents et un type de vingt ans. François s'interroge, et quand il s'interroge, il m'interroge : « Tu crois que c'est son mec ? » Je spécule : « Ça pourrait être son frère. » J'ajoute : « Ça t'arrangerait si c'était son frère. » Il sourit. Puis s'explique : « Je l'ai vue sur le marché tout à l'heure. »

Le matin, François fait le marché avec son père qui, chaque jour, installe son camion de boucherie le long du cours des Écoles. Au début, quand il était gamin, il se contentait d'emballer la viande et d'encaisser les clients. Maintenant qu'il a obtenu son CAP, il travaille vraiment avec son paternel. Pas d'égal à égal, évidemment, Christian a vingt-cinq ans d'expérience, et il en impose, disons que François trouve peu à peu sa place.

Il précise : « Elle, elle m'a pas calculé. » J'ignore s'il en est soulagé ou déçu. Parfois, il semble croire que les belles filles de l'été ne peuvent pas s'intéresser au fils du boucher dans son camion, que ça les rebute, que ça les tient à distance. Et parfois, il se souvient qu'il plaît, il a conscience d'attirer les regards et que, dans la légèreté des vacances, la séduction opère plus facilement encore, parce que rien n'est sérieux, rien ne prête à conséquence.

Je murmure : « Tu iras lui parler demain, si tu la revois. » Il balaye ma suggestion : « Demain, c'est loin. » Il a appris qu'il n'y a pas de temps à perdre, que les touristes ne restent jamais longtemps, qu'il faut en profiter avant qu'il ne soit trop tard. Nicolas, qui a perçu son impatience, prend la parole, à notre grande surprise : « Tu veux que j'y aille, moi ? » François se tourne vers lui, interloqué : « Tu ferais ça ? Mais comment tu t'y prendrais ?

— Ben, j'attends qu'elle se lève pour aller tremper ses pieds dans l'eau, je m'approche, je lui dis que tu as flashé sur elle, que t'es pas au courant que je viens lui causer, un truc dans le genre. » François ne prend même pas la peine de masquer son accablement : « Laisse tomber. »

Et on va s'asseoir, contre une ganivelle, vaguement vaincus. François retire ses claquettes, enfonce ses pieds dans le sable.

Je songe à son désir, c'est le désir de tous les garçons de dix-huit ans depuis la nuit des temps, le désir de se servir d'un corps tout neuf et de toucher, caresser, étreindre, prendre, puis abandonner le corps des filles. Il est là, ce désir, patent, visible. Il ne se cache pas, il n'a pas honte. Il ne se censure pas, au contraire il se manifeste. Il se trimballe, comme on porte un paquet de clopes dans la poche du jean, une banane à la ceinture, un anneau à l'oreille. Il ronge son frein, inséparable d'une forme de frustration. Il grandit à force d'être insuffisamment assouvi. Il est à la fois localisé – le sexe des filles, leurs seins – et général – il s'adresse au plus grand nombre, sans réelle distinction. Il serait plus éclatant encore si les garçons savaient qu'ils n'auront pas toujours dix-huit ans, s'ils savaient que la vie sérieuse les attend. Il est innocent de son amoindrissement futur.

Le mien, de désir, se dirige vers les garçons mais il est identique, au fond. Simplement teinté d'incertitude parce que les probabilités le desservent, de transgression parce qu'il est minoritaire, original.

François dit : « Et toi, t'as repéré un mec ? »

On reste un long moment sur la plage, contre la barrière, à ne rien se dire. Je sens le soleil sur mon visage, il agit comme un baume. Je ramasse des poignées de sable que je regarde s'écouler lentement entre mes doigts. Je sens tous mes muscles se relâcher. Il me semble que je commence à évacuer la tension accumulée au cours des dernières semaines, quand je jouais les singes savants, bachotant, enchaînant les journées trop longues dans l'enfer de la prépa et les nuits agitées dans le vacarme de l'internat, me bourrant le crâne d'une érudition de surface destinée à faire illusion le moment venu, subissant des colles humiliantes, afin de me présenter dans les meilleures conditions aux concours, ceux qui donnent accès aux grandes écoles. Je me débarrasse peu à peu de la nervosité qui me dévorait quand, dans des salles immenses emplies de clones, il fallait encaisser le choc de tomber sur des sujets d'examen mal révisés, puiser dans sa mémoire au lieu de réfléchir, noircir des copies à toute vitesse, rendre à temps, sur le gong, jamais satisfait, puis attendre les résultats d'admissibilité qui détermineraient si la route s'arrêtait là ou non.

Je me défais de l'appréhension qui s'est emparée de moi chaque fois que j'ai franchi la porte me séparant de mes examinateurs, de mes juges, et de ma colère quand j'avais échoué, de mes espoirs fragiles quand j'avais la sensation de m'en être tiré convenablement. Je bazarde les reliquats de mon pessimisme et de mon épuisement. Après tout, j'ai remporté la mise. Je les ai décrochés, ces satanés concours. Il est peut-être temps de revenir à la lumière, à la tranquillité.

J'interroge Nicolas : « Tu fais des études, toi ? »

Avant qu'il n'ait eu le temps de répliquer, François précise, à celui que je viens d'interroger : « Ah oui, j'ai oublié de te dire, Philippe, c'est l'intello de la bande, il a un an d'avance, il ira loin, t'as qu'à demander à mon père, il arrête pas de répéter : "Philippe il ira loin", façon de dire que moi, je suis allé nulle part, enfin, bon, il oublie que j'ai quand même décroché mon CAP du premier coup, et que ça l'arrange bien que je joue les commis. »

J'admets que François l'ait mauvaise : son père, en effet, ne tarit pas d'éloges sur moi, c'en est d'ailleurs gênant, comme s'il n'avait pas eu l'occasion de placer sa fierté dans sa progéniture et la reversait sur un tiers. J'essaye bien de m'en sortir en expliquant qu'il existe des cursus beaucoup plus prestigieux que le mien, rien n'y fait. Je croyais aussi que la révélation de mon homosexualité doucherait son enthousiasme mais non, pas davantage. Certes, Christian demeure perplexe – c'est si loin de lui les garçons qui aiment les garçons, ça n'entre dans aucune de ses références, ça fait même régulièrement l'objet de plaisanteries douteuses sur le marché, entre commerçants –, cependant l'admiration a finalement balayé son embarras. Il veut juste qu'on n'en parle pas. Et je lui obéis bien volontiers. Ainsi, quand des blagues fusent parmi les étals, je fais semblant de n'avoir rien entendu.

Nicolas finit par répondre à ma question : « Je viens de rater mon bac, je repique ma term à la rentrée. » Je le console alors qu'il ne m'a rien demandé : « C'est pas grave, tu l'auras l'année prochaine. » Et, à l'instant exact où je prononce ces mots, je mesure qu'ils expriment la supériorité présumée du bon élève tout autant qu'un abominable mépris social (c'est comme si j'avais dit : « les *gens comme toi*, souvent, ça s'y reprend à deux fois »). De fait, ils ont la sonorité de la pièce de cinquante centimes balancée dans le gobelet d'un clodo, assis sur un trottoir. D'ailleurs, la moue vaguement agacée de Nicolas me confirme que je ne me suis pas trompé.

Il enchaîne : « Et donc, toi, t'es pédé ? » Je pourrais distinguer dans ce changement de pied la volonté de me rendre la monnaie de ma fameuse pièce mais il n'en est rien. Nicolas n'a simplement rien à ajouter sur ce sujet des études, ce n'est pas sa préoccupation, ou si ça l'est, il n'a pas envie d'en faire état. Il précise : « En fait, je m'en fous que tu sois pédé, c'est juste que j'en connais pas, je crois. » Je m'efforce de plaisanter : « Ben voilà, cette terrible erreur est réparée. » Il sourit en retour. C'est son premier sourire. Il éclaire tout son visage, souligne la finesse de ses traits, presque féminins. Il indique que la langueur de Nicolas n'est peut-être pas une fatalité.

Après, on continue à parler de tout et de rien.

Je lance à la cantonade : « Et sinon, il y a quelque chose de prévu pour le 14 Juillet ? » François évoque l'inévitable feu d'artifice qui sera tiré sur le port de Saint-Martin puis se moque du bal populaire qu'annoncent des affiches placardées un peu partout dans l'île : « Il y aura que des vieux, c'est sûr. » On est comme tous les garçons de notre âge : on n'a pas envie de se mélanger aux adultes, on n'écoute pas la même musique qu'eux, d'ailleurs ils n'en écoutent plus vraiment, de la musique, pour nous tous les gens qui ont passé quarante ans sont des vieillards, sûrement qu'on n'aura jamais quarante ans, on sera morts avant.

François parle de sa Honda 100 cc. Il s'agace : « Le moteur déconne, fait chier. » Je n'y connais rien en mécanique, la vitesse me fait peur, le bruit de ces engins m'exaspère. Du coup, je ne rebondis pas. François se tourne vers Nicolas qui donne l'impression de ne pas avoir entendu. Renonce aussitôt. Ses paroles s'envolent, on jurerait qu'elles se sont faufilées entre les herbes folles, portées par le vent léger.

Je dis : « Ils passent quoi au cinéma ? » (Une salle est spécialement ouverte en juillet et en août à Saint-Martin, où sont diffusés, avec retard, des films grand public.) François manque de s'étouffer : « On va pas aller s'enfermer ! » Je bats en retraite : « C'était pour demander ! Si, un jour, on n'a rien de mieux à faire ou s'il flotte… »

Nicolas change de sujet : « Il est cool, ton tee-shirt Mickey. » J'évoque alors le garçonnet sur le ferry. Il s'amuse : « Donc, si je comprends bien, j'ai l'âge mental d'un mioche de six ans ? »

Notre conversation est entrecoupée de longs silences, pendant lesquels on contemple la plage, les gens, la jolie fille, deux types musclés qui se lancent un frisbee, la jolie fille de nouveau, mais presque jamais la mer, parce qu'il ne s'y passe rien, parce qu'elle a toujours été là et qu'elle y sera toujours. Dans ces silences ne se loge aucun embarras. Ils sont là, c'est tout.

On est en 1985, il n'y a pas de téléphones portables. On n'est pas rivés à nos écrans pendant des heures, à lire nos messages et nos mails, à recevoir des alertes en tous genres, à télécharger des applications, à jouer à Pokémon GO ou Angry Birds, à mater des vidéos, à enquiller les hits du moment, on n'est pas dans l'isolement numérique. On est tous les trois ensemble, désœuvrés mais ensemble.

François dit : « Bon, on bouge ? »

On débarque chez Christophe, l'ami d'enfance de François. Ils étaient voisins, leurs maisons étaient carrément mitoyennes, rue du Peu-Breton, avant que les parents de François ne décident de « faire construire », un peu plus loin, rue des Coquelicots. Ils étaient assis côte à côte sur les bancs de l'école primaire puis sont allés au collège ensemble. On les appelle « les inséparables ». Une vraie trouvaille, cette dénomination.

(Un jour, Anne-Marie m'a montré, en cachette, une photo issue de l'album de famille, où on les voit, tous les deux, devant la grille, ils doivent avoir huit ans, ils sont collés l'un à l'autre en un matin d'hiver, emmitouflés dans un manteau presque identique, on croirait des jumeaux. Cette photo m'avait infiniment ému, je m'en souviens. Elle racontait une amitié, bien sûr. Mais aussi une singularité : ils grandissaient sur une île, qu'on ne pouvait rejoindre qu'en bateau, dans un retranchement du monde qui les protégeait. Détaillant la photo, je les avais enviés. J'aurais voulu être comme eux et avec eux.)

C'est la mère de Christophe qui nous ouvre. Elle dit : « Il dort mais, si vous voulez, je le réveille. »

François dit qu'on veut. La mère disparaît. En attendant, on va s'installer au salon. On se vautre sur le canapé, jambes écartées. C'est un canapé en skaï, fatigué, dont les bords ont noirci avec le temps. Sur la table devant nous traînent un magazine sur la pêche et une revue sur le tricot. La télé, en face de nous, ressemble à un gros cube noir qui nous observerait. Elle est couverte d'un napperon que la mère a dû réaliser au crochet. Au mur est accroché un puzzle géant, qui reconstitue un village français avec une église et son clocher et dont les couleurs ont passé. Je dis : « C'est moche, non, chez Christophe ? » François hausse les épaules : « Ça a toujours été comme ça. Et puis, c'est pas si moche. »

Finalement, Christophe apparaît, le visage encore ensommeillé. Il est surpris de me voir : « Je croyais que t'arrivais que demain. » Ce à quoi François rétorque : « Je t'avais dit que c'était aujourd'hui, mais t'écoutes rien, et comme en plus tu te souviens de rien... »

Je m'extirpe difficilement du canapé pour l'embrasser. Il salue également Nicolas (j'en déduis qu'ils se connaissent) puis va s'avachir à son tour dans un fauteuil : « Je suis crevé, les mecs, vous m'avez niqué ma sieste. »

Il faut préciser qu'il met son réveil tous les jours à quatre heures du matin pour partir en mer avec son père (le poisson, ça se pêche mieux au lever du soleil parce que la luminosité change et que l'œil de l'animal doit s'adapter aux variations de lumière, en conséquence sa vue baisse – on me l'a expliqué un jour où je demandais). Une fois les filets ramassés, direction le marché pour vendre la pêche du jour. S'il veut profiter de la soirée, Christophe doit dormir l'après-midi. On est habitués. Ça ne nous empêche pas de venir le tirer du lit prématurément, quand l'envie nous en prend.

Il dit : « Quoi de neuf ? » Il dit souvent ça, « Quoi de neuf ? » François lui répond : « Toujours la moitié de dix-huit. » Christophe, ça ne le fait plus marrer, au début oui, mais plus maintenant. Il râle un peu, alors François lui fait remarquer qu'il ferait mieux de ne plus poser la question s'il n'a pas envie d'entendre la réponse. Une moue se dessine sur le visage de Christophe. Ça lui ressemble tellement de se faire avoir chaque fois.

Je dis : « Au fait, j'ai décroché mon permis. Et du premier coup ! » (C'est la première chose qui me vient. Je ne parle pas des concours, de l'année passée dans l'abrutissement, l'asservissement, de ce qui m'a occupé entièrement l'esprit, non, peut-être parce que je sais que Christophe s'en fiche – je suis pour lui l'ami de l'été, des vacances –, mais aussi parce qu'il va penser : on ne sera plus obligés de rouler tout le temps à mobylette ou à moto.)

Je ne suis pas peu fier. Le permis, évidemment, ce n'est pas seulement le droit de conduire une bagnole, c'est un cap, c'est le franchissement d'une frontière certes invisible et pourtant bien réelle. D'un coup, on n'est plus regardé comme avant, on devient une grande personne, on est présumé responsable, présumé autonome. Depuis l'origine, on dépend de nos parents, de leurs décisions, de leurs interdictions et de leurs autorisations, de leur bon vouloir, de leur disponibilité. On a été maintenu dans la docilité, la malléabilité. Et là, pour la première fois, on fait les choses par nous-même, on monte seul à bord, on tient le volant, on choisit le lieu où on veut aller, on a pouvoir de vie et de mort, ou quelque chose dans le genre.

Christophe marmonne : « Moi, je le passe en septembre, après la saison. »

Combien de fois l'ai-je entendue, cette expression, « après la saison » ? Dans l'île, l'été, pas mal d'autochtones travaillent sept jours sur sept, ne vivent que pour les touristes, mettant entre parenthèses leur existence ordinaire, ils gagnent l'argent de l'année et, quand l'automne revient, et le calme avec lui, ils ont enfin de nouveau du temps « pour eux », ils peuvent s'occuper d'eux, de leurs *affaires*.

François le corrige : « Ben surtout, tu le passeras quand t'auras dix-huit ans. D'ailleurs, on fait quoi pour ton anniversaire ? »

Christophe est né le 19 juillet. Chaque année, on organise une sorte de fête, ou en tout cas on marque le coup. Il s'agit d'une borne, d'un repère, d'un rendez-vous, qu'on ne voudrait manquer pour rien au monde, bien qu'on ne se l'avoue jamais. Il s'étonne : « On ira au Bastion, non ? »

Le Bastion, c'est la boîte de nuit de Saint-Martin, point de ralliement de la jeunesse, celle qui vient en vacances et celle qui habite ici à l'année. Certains soirs, le mélange fonctionne, et d'autres non. Mais toujours on y boit, on y fume, on y parle fort, on y titube et il arrive qu'on y danse.

François le mouche : « Faudra que tu perdes un peu de poids, tu crois pas ? Sinon tu vas jamais arriver à te trémousser sur la piste. »

Il est exact que Christophe dépasse les quatre-vingt-dix kilos (pour un mètre soixante-dix-huit, malgré tout – c'est lui qui rappelle sa taille quand on l'attaque sur son poids). Depuis la dernière fois que je l'ai vu, il n'a pas vraiment maigri. Le mot qui me vient le plus facilement pour le qualifier, c'est « pataud ». Je prends sa défense : « Ne te laisse pas faire, pourquoi tu acceptes qu'il te charrie comme ça ? »

Christophe lève les yeux au ciel, manière de dire que les choses ont toujours été ainsi entre eux et qu'il n'y a aucune raison qu'elles changent.

À ce moment précis, je jette un coup d'œil à Nicolas à la dérobée et surprends un rictus dans son expression, comme si cette façon que François a d'asticoter Christophe le dérangeait, à moins que ce ne soit la résignation de ce dernier. Cependant j'ai pu me tromper, et puis on ne se connaît pas assez, lui et moi, pour que j'aille l'interroger sur son éventuelle sensibilité.

François dit : « On se boirait pas une bière ? »

J'ignore combien de temps on reste là, avachis dans le salon, nos canettes à la main. On a cette capacité formidable à tirer au flanc. Pour Christophe et François, à la limite, cette léthargie s'explique : ils se lèvent aux aurores et accomplissent de véritables journées de travail. Nicolas et moi, on est presque sans excuse. Disons qu'on pourrait juste faire valoir la nécessité de se reposer à l'issue d'une année scolaire chargée. En tout cas, j'aime absolument notre oisiveté. Tout l'hiver, j'en ai rêvé.

Quand, la nuit, à l'internat, dans mon lit de 80, je me réveillais, saisi par le froid, et que cela exigeait des efforts surhumains de soulever la couverture, quand je me brossais les dents ou me rasais devant le grand miroir ébréché des douches collectives, quand j'étais enfermé dans une salle de classe, au milieu de mes semblables, avec vue imprenable sur le bitume d'une cour de récréation et ses arbres morts, avec, de surcroît, le filtre de barreaux aux fenêtres, quand je ne réussissais pas à toucher à une nourriture informe à la cantine, dans le vacarme indescriptible des fourchettes et des couteaux butant sur les assiettes, quand je restais sans voix face aux questions alambiquées et aux airs dédaigneux de professeurs dont l'objectif premier était de nous faire renoncer, de nous montrer le chemin de la sortie puisque, à l'évidence, nous n'étions pas taillés pour les grandes écoles, quand je m'installais des heures durant à mon bureau, face à un mur coquille d'œuf, pour réviser des matières qui invariablement me résistaient, quand je tombais de fatigue, à deux heures du matin, sans avoir la moindre idée de ce qu'avait pu être la marche du monde, de ce qui avait bien pu se passer *au dehors*, oui, je rêvais de ce moment-là, celui où on se retrouverait à ne rien faire, à ne presque pas se parler, à boire des bières, chez l'un ou chez l'autre, ou à L'Escale, où on sentirait la chaleur, où on profiterait de la belle lumière tombant en oblique sur le carrelage par les fenêtres ouvertes, et je me répétais, pour tenir, comme on s'accroche à un espoir : ce sera bien. Et maintenant que ça arrive, je peux le dire : oui, c'est bien. Ça méritait que j'en rêve.

Soudain, je ne sais pas pourquoi, quelqu'un parle du vol d'Air India qui s'est désintégré, quelques jours plus tôt, à 9 500 mètres au-dessus de l'Atlantique, au sud de l'Irlande. Le vol 182 assurait la liaison Montréal-Bombay, avec des escales à Toronto, à Londres et à Delhi. Plus de trois cents personnes ont trouvé la mort dans l'attentat. Mais ce qui nous intéresse, c'est l'histoire incroyable de ce passager qui s'est enregistré sous le nom de M. Singh et n'est jamais monté à bord, tandis que son bagage, lui, a été placé dans la soute et transféré d'escale en escale avant que la bombe qu'il contenait n'explose. François se montre presque admiratif : « Franchement, c'est dingue, on dirait un film d'action ou un album de Tintin. » Nicolas lui donne raison : « Tu imagines la probabilité ? Normalement elle n'aurait jamais dû être prise à bord, cette valise. Tu imagines l'hôtesse qui l'a acceptée ? » Christophe est le seul à faire preuve d'empathie : « Et les pauvres gens, vous y pensez à ces pauvres gens qui sont morts en une seconde ? » Moi, je ne dis rien. Je manipule le Rubik's Cube que j'ai trouvé coincé entre les coussins du canapé, j'essaye de faire en sorte que chaque face ait une seule couleur, mais je me perds dans mes rotations, et je finis par balancer le cube sur la table en maugréant : « C'est vraiment débile, ce jeu. »

Un peu plus tard, la mère de Christophe passe une tête pour signaler que son mari ne va pas tarder à rentrer et qu'il vaudrait mieux pour tout le monde qu'il ne trouve pas son salon squatté par des ados flemmards et nimbé de fumée de cigarettes. François lance, nonchalant : « De toute façon, on avait prévu de lever le camp. »

On prend congé. Nicolas nous annonce qu'il va rentrer chez lui, sinon sa mère va se faire « du mauvais sang ». (Je retiens cette expression : « mauvais sang ».) Soudain, je vois un enfant sage, obéissant, bien élevé (et, au fond, c'est ce que nous sommes tous, alors que nous refuserions absolument de le reconnaître). J'ai peur qu'il ne prenne à François l'envie de se moquer de lui. Mais ce dernier ne réagit pas et j'en suis soulagé. Je regarde Nicolas s'éloigner, avec son corps trop maigre et sa tête rentrée dans les épaules : il a quelque chose d'attendrissant. François me dévisage :

« J'ai l'impression qu'il te plaît. » Je baisse les yeux :
« Oui, mais pas comme tu crois. »

On revient par la rue des Coquelicots. Quand on arrive à la maison, Virginie, la petite sœur de François, est là, dans l'embrasure du portail, avec sa corde à sauter dont le fil traîne par terre. Elle a treize ans. Quand elle me reconnaît, elle vient s'engouffrer dans mes bras. Elle s'excuse : « J'étais chez ma copine Nathalie quand vous êtes arrivés. » Elle éprouve le besoin de justifier son absence tout à l'heure, comme s'il s'agissait d'un manquement impardonnable. Je souris. Elle m'interroge : « Vous avez fait quoi tout l'après-midi ? » Sa curiosité légendaire revient au galop. François lui adresse un regard noir : « Ça te regarde pas. » Elle lui répond par un haussement d'épaules, puis prend ma main et m'entraîne : « Viens, faut que je te montre quelque chose ! » Le quelque chose en question se trouve dans sa chambre et c'est un poster, punaisé au mur, des Modern Talking, un groupe allemand composé de deux types choucroutés, l'un, brun, jouant du piano guitare, l'autre, blond, ressemblant à un bovin, qui interprète « You're My Heart, You're My Soul », le tube du moment. Elle s'extasie : « Ils sont fabuleux, pas vrai ? »

Le soir, François et moi, on quitte rapidement la table du dîner, non sans avoir suscité la réprobation de nos parents respectifs, qui, en réalité, n'ont pas besoin de nous, ne protestent que pour la forme et, au fond, comprennent parfaitement qu'on ait envie de se retrouver après tout ce temps. On rejoint notre tanière. Aussitôt, on s'étend chacun sur notre lit et les yeux rivés au plafond, on poursuit nos conversations décousues. On finit par s'endormir.

Juste avant de sombrer, François aura eu le temps de lâcher : « On dira ce qu'on voudra, elle est canon, la fille de la plage. »

Le lendemain, quand le soleil filtrant à travers les volets vient me réveiller, François n'est plus là. Il y a belle lurette qu'il s'est levé, d'abord pour se rendre au « laboratoire » qui jouxte la maison. C'est ainsi qu'on désigne l'endroit – blanc, carrelé, dépouillé – où les carcasses, en provenance de l'abattoir, sont réceptionnées, entreposées dans des chambres froides, avant d'être triées, désossées, découpées, parées, où les morceaux sont dénervés, tranchés sur le billot de bois. C'est là que le bœuf devient entrecôtes et tournedos, que le porc se transforme en côtelettes et en saucisses, que le mouton finit en gigot, le veau en escalopes. (Et quand c'est fait, il faut encore manier le grattoir pour racler le billot, nettoyer les lames et laver le sol à grande eau.)

Sur le coup de sept heures et demie, tout a été installé dans l'imposant camion de boucherie, direction le marché de La Noue. Christian a garé le mastodonte sur son emplacement, salué quelques lève-tôt, et est allé aussitôt se boire un petit canon à L'Escale avec les collègues. Pendant ce temps, François a ouvert le hayon et la tablette, passé un coup sur la vitrine réfrigérée afin qu'elle soit impeccable. Il a allumé l'éclairage au-dessus du plan de travail et mis du papier dans la caisse enregistreuse avant de jeter un œil aux porte-couteaux et d'ajouter des emballages dans les cases prévues à cet effet. Il a nettoyé une dernière fois le hachoir et le trancheur. Par acquit de conscience, il a vérifié que les armoires froides étaient bien fermées, que le tiroir à déchets était bien vidé. Il connaît ces gestes par cœur, il les effectue machinalement. Et puis il a attendu que son père ait terminé son verre de rouge, en espérant que personne ne se présenterait : il redoute qu'on ne le prenne pas au sérieux, à cause de son âge, et, de toute façon, il ne sait jamais vraiment comment s'adresser aux clients. Son père, lui, fait ça très bien, il a un don pour leur parler, les interpeller, il manie le boniment, sort des formules toutes prêtes, les gens apprécient sa bonne humeur, son allant, sa grivoiserie. François, si plein d'assurance avec nous autres, ses amis, demeure toujours un peu en retrait avec le reste du monde.

    Je descends au rez-de-chaussée, j'emprunte le couloir qui conduit jusqu'à la cuisine. Pas le moindre bruit. À l'évidence, je suis seul dans la maison. Anne-Marie, c'est normal, a, de son côté, filé à Rivedoux ouvrir la baraque à frites du camping. Mon père a dû aller acheter ses journaux : chaque jour *La Charente libre*, chaque mercredi *Le Canard enchaîné*, de temps en temps *L'Équipe*, en général les lendemains de matchs de championnat, mais les footballeurs ne jouent pas en juillet. Ma mère a dû l'accompagner et prendre le *Paris-Match* de la semaine. Je les imagine, attablés à L'Escale, autour d'un café. Tout à l'heure, mon père ira rejoindre Christian, il se postera à côté du camion, ils discuteront dès que le défilé des clients s'interrompra. Ma mère, elle, ira se balader du côté de Saint-Sauveur, elle aime bien cette plage que les estivants pratiquent peu parce qu'elle est étroite et souvent envahie par le varech.

Je repère un fond de café que je fais réchauffer tout en m'efforçant de sortir des limbes. Par la fenêtre, le ciel est d'un bleu électrique. Cette solitude du matin, dans la maison, me plaît. Elle dit : les vacances ont bel et bien commencé. Ou plutôt, la vacance. C'est-à-dire l'inactivité, l'inutilité, la paresse, le silence.

Quand j'y songe, c'était merveilleux de ne pas avoir quelque chose à faire, d'être improductif, de se tenir dans la mollesse, l'inertie, de n'être dérangé par rien, rattrapé par rien ni personne. C'était merveilleux que, tout à coup, l'existence entière soit sans objet, sans but.

Je reste longtemps les coudes plantés dans la toile cirée de la table de la cuisine, mon bol entre les mains, le regard dans le vide, occupé par aucune pensée, je n'envisage même pas la façon dont je vais remplir la journée. Une mouche butine dans un pot de confiture, captant toute mon attention.

Finalement, je me lève pour aller jeter le reste de mon café dans l'évier. De là, j'aperçois le jardin : Virginie y est accroupie, sous le cerisier, affairée à je ne sais quoi. Quand je la rejoins, je me rends compte qu'elle a creusé un trou dans l'herbe et l'a entouré de galets blancs. Elle finit de fabriquer une croix avec deux petites branches. Je dis : « On enterre qui ? » D'un mouvement de tête, elle me désigne un crapaud mort. Je m'y intéresse : « Il a un nom ? » Elle me regarde sans comprendre. Je m'explique : « Il faut donner un nom aux morts, sinon ils meurent deux fois. » Elle réfléchit : « On va l'appeler Sam, alors. » Je ne demande pas pourquoi. J'ignore qui peuvent être les morts d'une fillette. (Moi-même, je ne sais presque rien des deuils, j'en suis miraculeusement protégé, ça ne durera pas.) Elle dépose avec une extrême méticulosité le batracien dans le trou puis le recouvre de terre. Je dis : « Je te laisse, je vais prendre ma douche. »

Une demi-heure plus tard, je quitte les lieux, laissant Virginie toute seule, assise sur le muret de pierres : elle en a l'habitude. On est à une époque où on laisse les enfants dans les maisons sans avoir peur, où on laisse les maisons ouvertes, parce qu'on sait qu'il n'arrivera rien.

Je fais un saut au marché. Mon père se trouve bien à côté du camion, tandis que Christian sert des clients. Parvenu à leur hauteur, je les salue, à la cantonade. François me demande si j'ai bien dormi. Ensuite, on bavarde un peu. Je ne suis pas surpris de le voir sanglé dans son tablier de boucher, mais pour autant, avec cet uniforme, il n'est pas tout à fait la même personne. Je remarque les traces de sang au niveau de son ventre, je scrute ses mains qui manipulent la viande, j'observe qu'il est concentré, qu'il a le souci de bien faire, de plaire à son père. Non, il n'est pas tout à fait lui-même. Je ne m'attarde pas. Je lance : « Je vais me balader. » Personne n'y prête attention.

Un peu plus tard, dans mes pérégrinations, je tombe par hasard sur Nicolas, assis sur le petit banc au pied de la statue de la Vierge, poussant nonchalamment de son pied droit les aiguilles de pin qui jonchent le sol. L'image est plutôt incongrue. D'abord, lui ne me voit pas. Il a un walkman sur les oreilles : la musique le retranche probablement du monde extérieur. Quand je m'approche, il finit par s'apercevoir de ma présence et retire son casque. Je l'interroge : « Tu écoutes quoi ? » Il répond : « Barbara. » Je m'étonne : « C'est de la musique de vieux. Et c'est déprimant, non ? » Il s'étonne à son tour : « Je trouve pas. » Je murmure : « Je peux m'asseoir ? » Il me fait signe que oui. On reste sur le banc, sans se parler. On n'est pas gênés par le silence.

À un moment, une sonnerie retentit dans la cabine téléphonique, juste à côté. Quelqu'un aura composé un mauvais numéro. On ne bouge pas. Je pense à François. S'il nous voyait, il nous dirait sans doute : « Franchement, vous avez rien d'autre à foutre ? »

(Maintenant, je le sais, cette belle inactivité était trompeuse.)

C'est le jour d'après, alors que l'après-midi tire à sa fin, que la fille de la plage fait sa réapparition.

On est à L'Escale, on consomme des bières. Normal, quoi. Quand je dis « on », je fais allusion à François, Christophe, Nicolas et moi, bien sûr.

C'est Nicolas qui l'aperçoit en premier. Aussitôt, il donne un coup de coude à François (mou, le coup de coude, il ne faut pas exagérer). Quatre visages se tournent vers la fille (la veille, on a mis Christophe au courant de son existence, François n'a pas pu s'empêcher de l'évoquer, ça le brûlait, c'est frappant à quel point ça le brûlait, comme s'il s'agissait d'une obsession érotique, ou pas juste d'une obsession érotique, allez savoir). Ces quatre visages tournés à la même seconde sont d'une rare discrétion. Elle, elle fait comme si elle n'avait pas remarqué (alors qu'il faudrait être aveugle). Elle virevolte dans une jupe légère au motif vichy et ce qui ressemble au justaucorps d'une danseuse. Elle porte des sandales dorées (ces sandales dorées m'ont marqué, j'ignore pourquoi). Elle accompagne ses parents et le type de vingt ans. La mère et la fille se dirigent vers le présentoir à cartes postales et le font tourner, il y a des cartes atroces, montrant des fesses de femmes, nues et bronzées, striées par un maillot échancré, d'autres avec des recettes de cuisine locales. Le père, lui, se penche sur l'étal de livres, un mélange des best-sellers du moment, de livres de poche, de biographies d'hommes célèbres, d'essais sur la crise. Le garçon se plante devant les magazines et j'ai l'impression qu'il jette un œil en direction des revues porno, vendues sous plastique. Nous, on essaye de se donner une contenance : Christophe avale une gorgée de bière avec le naturel d'un éléphant dans une boutique de porcelaine, Nicolas et moi, on poursuit notre conversation sur ce navire qui vient d'être coulé à Auckland, le *Rainbow* quelque chose, et qui appartenait à Greenpeace, seul François persiste à dévisager la fille.

Le père feuillette un ouvrage, je reconnais *Le Chercheur d'or* de Le Clézio, il chuchote à sa femme : « Tout le monde dit que c'est bien. » Elle lui répond : « Ben, prends-le, dans ce cas. » Puis ajoute : « Dix cartes postales, ça devrait suffire, non ? » Il lui adresse une moue pour lui signifier son incompétence sur le sujet. La fille se meut avec une grâce infinie, on jurerait qu'elle effectue des pointes, elle est peut-être bien danseuse, qui d'autre se livrerait à ce genre d'exercice dans un bar PMU ? Le jeune type, quant à lui, lance : « Je vous attends dehors. » À l'évidence, ce genre d'endroit le fatigue. Quand il passe à proximité de nous, François le toise comme il le ferait avec un rival. Je le houspille : « Tu devrais le mater encore plus ! » Nicolas se fait rassurant : « Surtout que c'est son frère, pas son mec, il y a une sacrée ressemblance ! » Christophe douche ses espoirs : « Mouais, c'est pas frappant. »

Finalement, le trio se rassemble pour se glisser dans la file d'attente. Devant eux, une vieille dame achète une grille du Loto et, pendant qu'elle paye son dû, la buraliste s'adresse à elle en parlant fort : « Toujours les mêmes numéros, madame Morel ? » La vieille répond : « Ils finiront bien par sortir. » Un type habillé en motard avec son casque sur la hanche demande du papier OCB et du tabac. Puis c'est au tour de la petite famille. Le père règle l'ensemble des achats. La buraliste dit : « Je vous mets tout ça dans une poche ? » Et le père ne comprend pas, il ne sait pas qu'ici, « une poche » désigne un sac plastique, elle le lui précise. Il acquiesce : « Ah OK, va pour une poche. » Aussitôt, on pense : c'est des Parisiens, à coup sûr.

Cette révélation devrait nous rendre la fille vaguement méprisable – on déteste les « gens qui habitent à la capitale », François va jusqu'à les traiter de doryphores – mais c'est tout le contraire, ça la nimbe d'une singularité supplémentaire.

On se demande ce que François peut tenter : interpeller la fille ? se lever brusquement et se cogner à elle, en faisant mine qu'il ne l'a pas fait exprès ? la suivre en escomptant qu'elle le repère ? On se dit qu'en tout cas, il ne va pas la laisser repartir sans rien essayer. Pourtant, il reste pétrifié, les mains enroulées autour de sa pinte de bière, misérable, vaincu.

Alors que sa chance semble avoir filé, Nicolas se lève et attrape la fille par le bras, au moment où ses parents franchissent la porte du bar afin de rejoindre la place des Tilleuls saturée de soleil. Ce qui m'étonne, c'est qu'elle semble à peine étonnée. Je jurerais qu'elle s'attendait à ce mouvement, à cette tentative. Nicolas lui dit tranquillement : « On va au bal du 14 Juillet à Saint-Martin ce soir, tu y seras ? » (Il a inventé ce mensonge dans l'instant et ça ne manque pas de me dérouter : si on m'avait interrogé j'aurais juré que ni l'invention ni le mensonge n'étaient dans sa nature.) Elle le dévisage puis nous contemple, penauds, silencieux, autour de notre table. Elle rétorque : « On s'y retrouve à dix heures ? » Nicolas approuve, sans marquer la moindre émotion : « Dix heures, c'est bien. »

Elle quitte aussitôt les lieux. Probablement pour que ses parents ne soient pas intrigués par le temps qu'elle met pour sortir. Nous, on se regarde, on est impressionnés par le culot de Nicolas, on guette la réaction de François, on est interdits. C'est alors qu'elle réapparaît. Elle dit : « Au fait, je m'appelle Alice. » Chacun de nous, en retour, énonce son propre prénom, un peu à la façon dont des élèves de sixième répondent « Présent » à l'appel de leur professeur. Elle nous sourit, puis repart, non sans avoir fait virevolter une dernière fois sa jupe vichy. On se demande si on n'a pas rêvé.

François murmure : « Je retire ce que j'ai dit sur le bal du 14 Juillet. »

L'heure qui précède notre départ pour le bal a quelque chose de ridicule et de touchant. Je contemple François tandis qu'il se prépare sans laisser aucune place au hasard. D'abord, il se rase, minutieusement. Dans le miroir, il vérifie que ne subsiste aucun poil récalcitrant et, à vouloir trop bien faire, naturellement il se coupe au menton. C'est à peine une éraflure, d'ailleurs le saignement se tarit très vite. Lui y voit une plaie béante que recouvrira bientôt une croûte disgracieuse et se lamente : « Elle ne va zyeuter que ça, c'est sûr ! » Il cherche des solutions : « Ta mère, elle aurait pas une crème ou, je sais pas moi, du maquillage pour cacher la cicatrice ? » Comme je réponds non, je distingue chez lui, nettement, un début de panique. Je suis tenté d'en rire, mais ma moquerie ne ferait qu'aggraver la situation. Ensuite, il se passe du gel dans les cheveux, pour les ramener en arrière. Il a une chevelure épaisse, noire, soyeuse, qui mériterait plutôt qu'on la laisse en liberté. Subitement, il a la tête de John Travolta dans *Grease*. Je lui en fais la remarque, il prétend que je n'y connais rien. Il va jusqu'à ajouter, avec une légère cruauté qui ne lui ressemble guère : « Depuis quand tu sais ce qu'elles aiment, les filles ? » Je n'insiste pas. Bien que je sois convaincu d'avoir raison. Puis il se parfume, et ne lésine pas sur les doses. Je forme un espoir secret : que l'odeur (de bois de santal ?) se soit estompée, le temps qu'on arrive. Pour la tenue vestimentaire, heureusement, il opte pour du classique : un jean, un tee-shirt blanc, une veste elle aussi en jean, des baskets blanches. Désormais, on dirait Pierre Cosso dans *La Boum 2*. Je ne fais aucun commentaire : j'étais vaguement amoureux de Pierre Cosso dans *La Boum 2*.

(Quand j'y repense, avec le recul des années, je trouve ce moment incroyablement attendrissant : on avait dix-huit ans, ce qu'on voulait, c'était plaire aux filles, ou aux garçons, c'était même la chose la plus importante, le reste ne comptait pas, pas du tout, on était dans cette inconsistance formidable, cette soumission à nos hormones, cette soumission à l'instant aussi. Après, on a vieilli et on a perdu cela : la vie tenant tout entière dans la futilité.)

Ensuite, il faut négocier avec nos vieux à la fois le prêt d'une voiture et l'heure du couvre-feu (parce que nos parents entendent se comporter encore comme tels, imposant des diktats, disposant de la sagesse qui nous ferait forcément défaut – et nous, on accepte cette répartition des rôles, on n'est pas des rebelles, on est juste des grands dadais). Étrangement, la négociation se révèle facile. Très vite, Christian lance, sur le ton de l'évidence : « Vous n'avez qu'à prendre la Kadett. » La Kadett, c'est la voiture qu'Anne-Marie utilise, l'été, pour se rendre à Rivedoux. Certes, elle a cent trente mille kilomètres au compteur, elle est beigeasse, la peinture est éraflée, la porte arrière est enfoncée, mais elle roule, elle nous amènera à Saint-Martin et nous en ramènera, c'est l'essentiel. Mon père ajoute : « Vous rentrez à deux heures du matin grand maximum ! » On est abasourdis, on escomptait un « minuit » ferme et définitif, on s'apprêtait déjà à marchander tels des chiffonniers pour obtenir une heure supplémentaire, la proposition est inespérée. On jure la main sur le cœur (comme si on acceptait de respecter les termes d'un accord de paix international) : « Vous pouvez compter sur nous. » Aucun des adultes ne précise : « Et celui qui conduit ne boit pas une goutte d'alcool. » On est en 1985, conduire avec trois verres dans le nez sur des routes de campagne semble n'effaroucher personne. Les temps ont changé.

Quand on monte dans la bagnole, Virginie est plantée devant la portière. Elle se fait implorante : « Je peux pas venir avec vous ? » Elle sait qu'on va lui répondre non, mais tente quand même. Elle tente parce que la solitude de ses treize ans lui pèse par moments. Trop âgée pour être maternée par des parents, de surcroît, très occupés, qui ne lui accordent que peu d'attention, et trop jeune pour espérer accéder à l'univers intrigant des adolescents finissants, elle est piégée dans un entre-deux pénible. Par sa supplique, elle témoigne aussi, je crois, de l'affection qu'elle a pour moi, le garçon épisodique, celui qui l'aide à enterrer les crapauds morts. Je ne dis pas : « Tu es trop petite. » Je pose ma main sur la cuisse de François pour qu'il ne prononce pas non plus cette phrase malencontreuse (les aînés peuvent être volontiers méchants). À la place, je prends un engagement solennel : « On te rapportera un truc de la fête, c'est promis. »

Tandis qu'on s'éloigne, je l'aperçois dans le rétroviseur. C'est une image un peu déchirante, je l'avoue. Puis elle va s'asseoir sur le muret de pierres.

On passe d'abord chercher Christophe. On klaxonne devant la porte de la maison, il apparaît quelques secondes plus tard. Lui aussi s'est mis de la gomina dans les cheveux, mais seulement sur les côtés : avec ses grosses joues ce n'est pas du meilleur effet. Quand il s'installe à l'arrière, il s'exclame : « Putain, j'avais oublié comment elle est pourrie, cette caisse. » François lui répond du tac au tac : « Tu préférerais y aller avec ta mob ? » Christophe me jette un regard de naufragé dans le rétro.

François m'indique l'adresse de Nicolas (je ne suis jamais allé chez lui). C'est rue des Chênes, un peu à l'écart, dans une sorte de lotissement. Nicolas nous attend sur le bord de la route, adossé à un poteau électrique, fumant une cigarette. Je dis : « Tu es là depuis longtemps ? » Il hausse les épaules : « Je sais pas, un quart d'heure peut-être. » Je m'étonne : « Je t'avais dit que je klaxonnerais. » Je me demande s'il s'est mis à l'extérieur pour qu'on ne rencontre pas sa mère, ou parce qu'il aurait honte de l'endroit où il habite, ou parce qu'il aime être sans compagnie.

Pour rejoindre Saint-Martin, on roule sur la départementale, au milieu de bois de sapins et de tamaris, de vignes, de terrains inhabités, en évitant les nids-de-poule (à l'époque, pas de bitume impeccable, pas de pistes cyclables, la richesse n'a pas encore débarqué dans l'île, l'écologie non plus). Je place bien mes mains à dix heures dix sur le volant, ainsi que le moniteur me l'a appris et je respecte les limitations de vitesse (j'étais encore appliqué – toujours le syndrome du bon élève –, j'avais aussi l'impression d'avoir charge d'âmes). Le soir tombe lentement, c'est l'heure que je préfère, quand le ciel vire au rose et que la douceur remplace la chaleur.

Vitre baissée, bras sorti, visage tourné vers le rivage, François ne peut s'empêcher de se livrer au petit jeu des pronostics et des interrogations en rafale : « Si elle a accepté, c'est qu'elle nous aime bien, non ? Vous croyez qu'elle sera habillée comment ? Toi, Nicolas, t'es sûr que c'est son frère, le blond ? »

Nous, on essaye de tempérer ses ardeurs. On a l'intuition qu'avec les filles, la seule certitude, c'est que rien n'est jamais sûr.

François ne nous écoute pas : « Je vous dis qu'on lui plaît. »

Le bal a lieu dans le petit parc de la Barbette, qui longe les remparts, à l'entrée de la ville. Pauvre Vauban qui s'imaginait protéger les lieux des agressions ennemies alors qu'aujourd'hui, son ouvrage contient les assauts d'une foule venue guincher. Les pelouses ont été transformées en une gigantesque piste de danse à ciel ouvert, délimitée par des lampions. Demain, l'herbe sera piétinée, arrachée, recouverte de détritus, elle mettra sans doute du temps à recouvrer un aspect normal. Pour le moment, des guirlandes d'ampoules multicolores sont accrochées à des piquets, à des arbres. Les fenêtres des maisons avoisinantes sont pavoisées de drapeaux bleu, blanc, rouge. Sur les côtés, on a installé des cabanons de pêcheur qui hébergent des stands de gaufres, de crêpes, de chichis, de barbe à papa, de pommes d'amour ou de sandwichs à la rillette et au jambon. Il y a aussi une buvette, prise d'assaut, où l'on sert dans des gobelets en plastique de la bière au fût et du vin en cubi. La piste est envahie par des gens de tous les âges, gesticulant sous les ordres d'un DJ qui parle trop, prénommé Didier (il répète son prénom, « Didier vous propose » – et il ajoute le titre d'une chanson, – « Didier vous régale », « Didier vous fait planer », « Didier est aux platines ce soir »). Quand on débarque, Jean-Pierre Mader finit d'interpréter « Macumba » et Didier envoie « Live Is Life », la chanson du groupe Opus « classée au Top 50 » (ce qui à l'évidence constitue un argument imparable). François prend les devants : « J'avais prévenu que ça risquait d'être ringard. » Nicolas jette un coup d'œil en direction du port, il contemple les mâts des bateaux de plaisance et la façade de la capitainerie que des projecteurs éclairent. Il suit la course d'un ballon gonflable entraîné vers le large. Il murmure, la musique trop forte couvrant le son de sa voix, de sorte qu'on n'est pas certains d'avoir bien compris : « Moi je trouve que c'est beau, je suis content d'être là. »

François scrute la foule, espérant repérer la silhouette d'Alice. Je le répète, parce qu'on a oublié, on n'arrive même plus à croire que ç'a été possible un jour, nous ne disposions pas de téléphones portables alors, il était impossible de se localiser dans l'instant, si on ne ralliait pas le point de rendez-vous on ne pouvait pas s'appeler pour se trouver, l'aléa existait encore, l'incertitude, le risque de ne pas se rejoindre, voire de se faire faux bond.

Et soudain, c'est le grand type qui se plante devant nous. Une inquiétude s'empare alors du groupe. Pourquoi lui ? Pourquoi lui et pas Alice ? Se pourrait-il qu'il vienne annoncer qu'elle ne se montrera pas ? Entend-il signifier que sa petite amie n'est pas un cœur à prendre ? Devant nos mines déconfites, il se penche vers Nicolas et lui crie à l'oreille (les chœurs de « Live Is Life » reprenant à cet instant précis) : « Je crois que vous cherchez ma sœur. » N'ayant pas entendu ses paroles, François jette aussitôt un regard inquisiteur. Ce à quoi Nicolas répond en lui hurlant son prénom à l'oreille, suivi d'un « enchanté », avant de se tourner vers nous pour nous expliquer la situation. Le soulagement est général, et probablement plus prononcé chez François. Pas de rival à l'horizon. Il pourrait presque l'embrasser, le grand bellâtre, en tout cas il l'aime déjà. Marc – c'est son prénom – lance un « Suivez-moi », ce que l'on fait sans discuter, et en file indienne.

On fend la foule, avec plus ou moins de difficulté, slalomant pour éviter de renverser les verres de bière tenus à bout de bras par les danseurs ou d'être brûlés par les cigarettes. On reçoit des coups de coude, on se fait marcher sur les pieds, on marche à notre tour sur les pieds d'inconnus, François saisit ma main quand je menace d'être englouti, on progresse en direction des remparts. Et là, on finit par la voir, Alice. Elle est assise sur le muret, sirotant à la paille ce qui doit être un Coca, elle ne nous voit pas, elle est dans cette inattention qui la rend plus désirable encore.

On l'embrasse tous, comme si on la retrouvait après une année passée sans s'être vus. Il y a ça, d'un coup, la familiarité, la camaraderie. Alice se moque de François avec son gel dans les cheveux. Sans ciller, il rétorque : « C'est Philippe qui a insisté, il m'a dit que ce serait mieux. » Malgré le coup bas, je ne le trahis pas en retour. J'aperçois Christophe qui aussitôt se frotte les tempes pour se débarrasser de sa propre gomina. Nicolas sourit. Il est décidément beau quand il sourit, et plus encore parce que ça lui échappe et qu'il est ignorant de sa propre beauté. On est joyeux. L'air sent le sucre et le sel. La pomme d'amour et la mer mélangées.

Cependant, on ne sait rien d'elle. Alice. Alors d'emblée on la bombarde de questions. On apprend qu'elle a dix-sept ans et demi (elle insiste sur le demi), elle vient de décrocher son bac A, à la rentrée de septembre elle entrera en première année de philo à Nanterre. Elle dit « Nanterre » comme si on devait savoir de quoi elle parle. Elle dit « philo » et ça nous semble à tous une incroyable étrangeté. Marc, son frère, a juste un an de plus, il est en maths sup et, quand il raconte, on comprend que ça ne le motive pas tellement. Nous, même si on n'en laisse rien paraître, ça nous impressionne ; on nous a assez seriné que les matheux, c'était l'élite. Avec leurs parents, ils habitent dans le XIVe arrondissement, « du côté de la rue Daguerre ». Ça ne nous dit rien non plus. On est des provinciaux, aucun de nous n'a jamais mis les pieds à Paris, c'est véritablement un autre monde pour nous, un monde qui ne nous intéresse pas, ou auquel nous pensons ne pas avoir accès, sans en concevoir de regret. Leur père est cadre à La Défense. Ayant désormais pris la mesure de l'étendue de notre ignorance, elle précise : « C'est le quartier des affaires, ils construisent de nouvelles tours tous les jours, c'est dingue, ils ont ouvert un gigantesque centre commercial il y a trois ans, Les Quatre Temps, vous connaissez forcément ? » On ne connaît pas. Marc et elle miment l'accablement. Sinon, leur mère est psy. On est interloqués. Ou intimidés, sans trop savoir pourquoi. Personnellement, je l'imagine, recevant ses patients dans un grand appartement blanc avec des moulures au plafond. Définitivement, ces gens ne sont pas comme nous.

De notre côté, nous évacuons rapidement nos pedigrees. François et Christophe se contentent de signaler qu'ils travaillent avec leur père sans entrer dans les détails. Nicolas marmonne qu'il a raté son bac. Je m'efforce de glisser sur la prépa HEC que je viens de terminer, sur la *business school* qui m'attend. Cela étant, je m'aperçois que mon parcours intéresse davantage nos nouveaux camarades. Ils semblent se dire : celui-ci pourrait être des nôtres. Je pue déjà le transfuge de classe. Je suis celui qui trahira, qui les rejoindra. Je préfère alors insister sur mes racines charentaises, il faut qu'ils sachent à quel camp j'appartiens.

Après ces présentations, on pourrait être tentés de reprendre nos distances : après tout, effectivement, ce sont des bourgeois et pas nous, ce sont des Parigots et pas nous, ils ne sont que de passage et repartiront tandis que trois d'entre nous resteront. Sauf que non. En dépit de ces différences, ou à cause d'elles peut-être, la fusion semble s'opérer. L'ambiance festive y est probablement pour quelque chose. Qui résisterait à Madonna et à son « Like a Virgin » ? Qui ne se laisserait emporter par la magie d'un legging en stretch violet, d'un blazer à épaulettes, d'un bandana rouge dans la poche arrière du jean ou d'un sac banane, tous en proie aux mêmes secousses, au même instant ?

François dit : « Ce Didier assure, en fait. Tu vas voir qu'on va finir par le trouver cool. »

Didier assure tellement qu'il nous précipite, à notre tour, sur la pelouse malmenée, sous les guirlandes multicolores, et qu'on danse, oui, on danse. Nicolas, avec son corps longiligne, propose une ondulation un peu paresseuse, toujours en retard sur la musique, en décalage, mais follement élégante. Christophe, encombré par ses kilos en trop, transpire, des auréoles se forment sous ses aisselles, des gouttes perlent à son front, pourtant il tient le rythme et il est sans doute des garçons celui qui se débrouille le mieux. François danse pour séduire, le mouvement de ses hanches est volontiers sensuel. Marc ferme les yeux, comme s'il était possédé par la musique (peut-on raisonnablement être possédé par Bibie chantant « Tout doucement » ?). Moi, je suis raide comme un piquet, franchement grotesque. Alice a une grâce naturelle. Personne n'en est surpris.

On boit aussi. Beaucoup. À tour de rôle, on va chercher des bières et on revient avec six gobelets en plastique, collés les uns aux autres, c'est assez périlleux, cependant personne ne laisse échapper le précieux breuvage et on peut repartir de plus belle, dans l'ivresse et dans la danse.

À un moment, j'ai tellement bu que je ressens le besoin de me soulager. Nicolas dit : « Je t'accompagne. » Parce qu'on échoue à repérer les toilettes mobiles, Nicolas prend l'initiative : « Suis-moi, j'ai une idée. » Et on grimpe sur les remparts. Et on pisse dans la mer. On est là, tous les deux, côte à côte, rigolards, la bite à l'air et on pisse en direction du large. C'est à celui qui pissera le plus loin.

Quand on a fini et qu'on se prépare à redescendre, je vois Nicolas tituber, vaciller. Je lui saisis aussitôt le bras, avec un peu de brusquerie, je l'avoue, terrorisé à l'idée qu'il ne tombe à l'eau, plusieurs mètres en contrebas. Il éclate de rire : « Tu verrais ta tête ! Je ne serais pas tombé, tu sais. » Je lui fais la leçon : « Tu te marres, mais c'est déjà arrivé, chaque été, il y a des types qui font les malins et qui se cassent la gueule, il y en a aussi qui sont morts, à cause des rochers en bas et du manque de profondeur. » Il continue de rigoler : « Avoue que ce serait une belle mort. » Je maugrée : « Ouais, c'est ça, on y retourne, ça vaut mieux. »

Un peu avant minuit, une rumeur parcourt la piste, fait entendre son grondement : le feu d'artifice va être tiré. Et soudain, sans prévenir, ça éclate. Depuis deux bateaux amarrés à une centaine de mètres, débute, dans un vacarme assourdissant, l'enchaînement des bombes, des bouquets, des cascades, des soleils, des embrasements. L'artificier est imaginatif : on a droit à des pivoines, des palmiers, des marrons d'air, des saules pleureurs. Et les gens s'émerveillent, après chaque tir, devant les traînées incandescentes.

Marc, qui s'est posté à côté de moi, se fait professoral : « Tu sais que le principe de base repose sur la combustion pyrotechnique et que c'est dérivé de la poudre noire que Marco Polo a rapportée de Chine ? » Je lui adresse une moue : « Ah oui ? » Il poursuit, comme si de rien n'était : « En fait, il y a un composé oxydant, genre nitrate, qui libère de l'oxygène et un composé réducteur, du soufre avec du carbone, qui sert de combustible. » Je me tourne vers lui, ne sachant quoi penser de son cours magistral. Lui regarde en direction des illuminations : « L'explosion porte à haute température les composés métalliques et c'est ça qui donne les couleurs. » Je le charrie : « On apprend ça, en maths sup ? » Cette fois, c'est lui qui se tourne vers moi et me sourit. Son sourire me trouble. C'est à cet instant que se produit le bouquet final. Tout le monde a les yeux rivés vers le ciel noir illuminé et la pluie d'étoiles.

Et puis, après une seconde de silence, un tonnerre d'applaudissements jaillit. Quelqu'un s'extasie : « Ils n'ont pas lésiné, cette année. » Un autre surenchérit : « Ils se sont pas moqués de nous, à la mairie. » Une petite dame semble émue : « Ça me fait toujours le même effet. »

François s'impatiente : « On retournerait pas danser ? » Il n'a pas perdu de vue son objectif : séduire Alice.

Didier, décidément en forme, est son allié, qui alterne les tubes du moment : « Johnny Johnny » de Jeanne Mas succède à « When the Rain Begins to Fall » de Jermaine Jackson et Pia Zadora. Et déjà, nous avons le pressentiment que les années 1980, en matière de musique, pourraient rester dans l'histoire comme l'étalon du mauvais goût. Néanmoins, ce mauvais goût nous enchante. Certes, il signe l'abdication de notre intelligence, mais cette abdication constitue un préalable indispensable lorsqu'on livre son corps à une sorte de transe.

François tente un rapprochement avec Alice mais elle se dérobe. Au début, je pense qu'elle n'entend pas se laisser dominer, qu'elle souhaite conserver la maîtrise des événements (je devine chez elle de la force, l'exigence têtue de ne pas subir). Puis, qu'elle cherche à jouer avec le désir de son soupirant. Sauf que sa réticence a peut-être une tout autre explication : et si c'était Nicolas qui l'intéressait, plutôt que François ? Si elle en pinçait pour celui qui a saisi son bras à L'Escale, celui qui a lancé l'invitation ? Il faut dire que Nicolas paraît évoluer dans son propre monde, être retranché de la foule qui s'agite autour de lui et j'imagine que ça pourrait la séduire, Alice, cette singularité. En tout cas, elle lui jette des regards vaguement langoureux que, de son côté, il ne remarque pas.

La musique continue, la foule pourtant commence à se disperser. On voit les adultes se diriger vers les parkings ou rentrer chez eux à pied, certains pour avancer ont besoin d'être soutenus, épaulés. Ceux qui restent sont les plus jeunes. D'ailleurs, Didier diffuse désormais de la house, c'est dire qu'on a basculé dans une autre dimension. Je vais m'asseoir dans l'herbe, à l'écart. Christophe, qui m'a aperçu, m'imite. Et Nicolas lui emboîte le pas. On est là, accroupis, à former un cercle, épuisés, transpirants, imbibés ; la fumée sucrée des chichis vient se coller à nos vêtements. On observe au loin François qui regarde Alice, Alice qui regarde dans notre direction, et Marc qui persiste à danser, les yeux fermés. Je songe qu'on va au-devant des emmerdements.

Vers une heure et demie, c'est moi qui donne le signal du départ. Nous sommes des fils obéissants, nous respecterons notre promesse. Juste avant qu'on rejoigne notre voiture, mon attention est attirée par le stand des peluches : je m'en approche pour acheter un Kermit la grenouille, dont j'espère qu'il fera le bonheur de Virginie. Cet engagement aussi, je compte le tenir. Et puis, devant l'Opel Kadett, on se sépare. On s'embrasse de nouveau, et cette fois, la fatigue l'emporte sur la ferveur.

François dit à Alice : « On se revoit quand ? »

Le lendemain matin, tandis que François est au marché avec son père, débitant de la viande, et malgré la migraine qui ne me lâche pas, je décide de rendre visite à Nicolas. Si j'en juge aux regards qu'ils m'adressent, mes parents s'étonnent de me voir quitter les lieux aussi tôt, ils s'attendaient sans doute à ce que je lézarde au soleil, dans le jardin, jusqu'à l'heure du déjeuner ou éventuellement que je passe un peu de temps avec Virginie (au passage, ravie du cadeau que je lui ai offert), ils s'étonnent aussi de me voir partir à pied alors que je pourrais emprunter un des nombreux vélos de la maison, et qui plus est sans mentionner ma destination, mais se gardent bien d'exprimer plus concrètement leur surprise. En réalité, les vacances sont propices à un relâchement généralisé et leur fils est, à l'évidence, devenu le cadet de leurs soucis, ce qui m'arrange.

Malgré tout, rattrapée par une vague culpabilité, ma mère a le temps de me crier, juste avant que je ne disparaisse : « Prends une casquette, ils annoncent 36 cet après-midi. » Cette rémanence de sollicitude maternelle serait susceptible de m'émouvoir si elle n'était, *de facto*, anéantie par le caractère grotesque de la suggestion : moi, porter une casquette ?

Sur le chemin, je croise des vacanciers, torse nu, serviette de plage rabattue sur l'épaule, claquettes fluo aux pieds, se dirigeant, par vagues successives, vers les Grenettes. L'un d'entre eux, lunettes noires d'aviateur, me toise. Pourtant, je ne suis rien pour lui. Il doit avoir trente-cinq ans, j'en ai dix-huit, c'est un gouffre qui nous sépare. Me toiser, c'est précisément, pour lui, une façon de marquer notre différence d'âge, la distance entre nous ou une forme de suprématie. Il poursuit son chemin et, en souvenir de son regard insistant, je me retourne dans le seul but de suivre son pas chaloupé pendant quelques instants. Je souris. J'aime l'idée qu'il ne se doute pas qu'un ado est en train de mater son cul en souriant. Il me collerait sans doute son poing dans la figure s'il savait.

Je continue en direction de la rue des Chênes, les gens se font plus rares, je marche en m'abritant à l'ombre des arbres, ma mère avait raison, bien sûr. Même les roses trémières souffrent : leurs corolles roses lorgnent vers le bitume brûlant.

Quand j'arrive devant la maison, j'ai une hésitation, je me souviens que Nicolas nous attendait dehors la veille, et j'en avais déduit que peut-être il ne voulait pas nous montrer l'endroit où il habite, nous y faire pénétrer (François m'avait signalé qu'il n'était « jamais entré chez lui »). Je décide de rester sur le trottoir et de crier son prénom avec l'espoir qu'il m'entende. Il suffit de quelques instants pour qu'il apparaisse dans l'embrasure, le visage encore chiffonné par le sommeil. Il s'exclame : « Qu'est-ce que tu fais là ? » Je ne peux pas lui raconter que je passais par hasard. Alors je m'en tiens à la vérité : « J'avais envie de te voir. » (Oui, c'était rigoureusement exact, quelque chose me poussait vers lui, pas du désir, plutôt la conviction que nous étions faits pour nous entendre, que nous pouvions être complices.) Il ne fait aucune difficulté : « J'enfile mes baskets, j'arrive. »

On se retrouve sur la route à marcher côte à côte sans but précis, les mains dans les poches (oui, tandis que j'écris, je nous revois, c'est très précis dans ma mémoire, on porte tous les deux des bermudas en jean, des tee-shirts informes, délavés, l'image est intacte, elle pourrait me faire bêtement chialer). Il lance : « Qu'est-ce qu'on s'est mis hier soir ! » Il ne s'en gargarise pas, n'en fait pas un exploit, ce n'est pas son style, il s'en désole plutôt, il préférerait ne pas traîner cette gueule de bois.

Puis on parle de tout et de rien avant que je ne bifurque vers ce qui me préoccupe (on a les préoccupations de son âge et de l'instant) : « T'as pas l'impression qu'Alice... ? » Il ne me laisse pas aller au bout de ma question : « Si. » Je n'avais donc pas rêvé. J'enchaîne : « Et toi ? Je veux dire, toi... par rapport à elle... » Il botte en touche : « Je sais pas. » En tout cas, il a compris mon inquiétude : « Tu crois que François va péter un plomb si jamais... ? » J'acquiesce d'un signe de tête. Nous n'avons pas terminé une phrase et nous nous sommes compris.

Habile, il change de sujet : « Par contre, toi, tu ne t'es pas rendu compte que Marc s'intéresse à toi. » Je ne peux m'empêcher de me récrier : « N'importe quoi ! » Comme il sourit, je l'interroge du regard. Il persiste dans son silence souriant. Je chuchote (le réflexe du secret, de la dissimulation) : « T'es sérieux ? J'ai rien vu du tout. » Il pousse un caillou du bout de sa basket. Je m'enferre dans mon étonnement : « Il ne fait pas du tout pédé, quand même. » Nicolas se tourne vers moi : « Moi y a des gens qui pensent que je suis pédé et puis non, faut pas se fier aux apparences, mon gars, c'est pas à toi que je devrais dire ça. » Je le corrige : « Tu fais pas pédé, tu es féminin, c'est autre chose. Attention, c'est un compliment dans ma bouche. » Il se marre : « Si c'est un compliment, alors... » Je m'en veux d'avoir employé cet adjectif, « féminin », j'aurais dû dire élégant, délicat. Je l'ai peut-être vexé. Et je ne sais pas comment rattraper le coup. Pour créer une diversion, j'en reviens à Marc : « Et donc, tu crois que Marc... » Nicolas me coupe : « Il te plaît ? » Je bafouille : « Je sais pas, je ne me suis pas posé la question. » Il conclut, avec un sourire de nouveau : « Ben, tu vois, on en est au même point. »

(À ce stade de nos existences, on était empêtrés dans une contradiction fondamentale : on voulait séduire, avoir des histoires, on était guidés par notre libido balbutiante, et pourtant, le plus souvent, on restait dans l'incertitude, l'entre-deux, une sorte de zone grise, on manquait de résolution, ou de discernement, ou d'énergie, ou des trois et, à la fin, souvent, on préférait la compagnie de nos potes à l'amour et au sexe, c'était moins impliquant, moins épuisant.)

Ensuite, on se retrouve à déambuler sur un chemin de cailloux au milieu de champs brûlés par le soleil. Pas une maison aux alentours. Pas âme qui vive. Pas un souffle d'air non plus. Et plus une parole échangée.

Juste le bruit de nos semelles qui soulèvent la poussière. Nicolas a l'air songeur. Je l'observe : « Tu penses à quoi ? » Les yeux toujours rivés sur ses chaussures, il lâche : « Je me demandais, ça s'est passé comment quand tu as annoncé que t'étais pédé ? » Je commence à raconter, sans ciller : « C'était au lycée, l'an dernier. » Il me coupe, pour marquer sa surprise : « Faire ça l'année du bac, c'était couillu. Ils ont dû te faire chier, les autres. » Je nuance : « Ils avaient compris, de toute façon. Je n'ai pas été particulièrement courageux, tu sais. Le courage, en revanche, il m'en a fallu un peu plus après pour supporter leurs blagues lourdingues et leurs insultes. » Il demande : « Et cette année, en prépa, ç'a été pareil ? » Je réponds : « C'était davantage de l'intimidation. On te répète que t'es pas à ta place. Que tu ferais mieux de renoncer. Que le monde des affaires n'est pas fait pour des gens comme toi. Tu vois le genre... » Il marmonne : « Je vois le genre... »

Le silence revient. Le profil de Nicolas est caché par sa chevelure. Je pourrais être décontenancé que nous ayons cette conversation, je veux dire : une conversation intime ; après tout, je ne le connais que depuis quelques jours à peine. Or je ne le suis pas vraiment. Cette simplicité me paraît naturelle, elle n'a pas été recherchée, construite, elle n'a pas été entravée non plus, elle s'est produite, elle est arrivée, c'est tout.

Il dit : « Et t'as eu beaucoup de mecs ? » Je m'en tiens à l'essentiel : « Il n'y en a qu'un seul qui ait compté. » Il murmure, songeur, ou admiratif : « Une histoire, c'est déjà bien... » Je dis : « Ouais, mais c'est fini. Il s'appelait Thomas. » De nouveau, le silence. Et puis, je me lance : « Je peux t'avouer un truc ? » Il se tourne vers moi, il dit : « Oui. » J'ajoute : « Tu te moques pas de moi, juré ? » Il jure. Je dis : « J'ai voulu me tuer quand il est parti. » Son visage reste impassible, étrangement. « J'étais persuadé qu'on aurait été heureux ensemble toute notre vie, j'ai pas supporté, j'ai trouvé ça injuste. C'est con, pas vrai ? » Il dit : « Non, c'est pas con, c'est beau. »

En tout début d'après-midi, je récupère François. Sa forme étincelante me bluffe. Voilà un type qui a dormi seulement trois heures, enchaîné avec une longue matinée de travail à la dure et qui affiche la solidité du taureau avant d'entrer dans l'arène. Et il trouve encore l'énergie de me donner un ordre : « On fonce à la friterie, ma mère vient d'appeler, il y a un monde pas possible, ça manque de bras. » On enfourche aussitôt sa moto et on file vers Rivedoux.

Je m'accroche à lui ; malgré la vitesse et les ratés du moteur, je n'ai pas peur, je sais que je ne suis pas en danger. Je me souviens que, quand nous étions petits, c'était déjà comme ça : à la fête foraine, dans les auto-tamponneuses, c'était lui qui conduisait, qui rentrait dans les autres, et je lui faisais confiance, sur la grande roue, il criait en levant les bras et ma terreur disparaissait, au moment des grandes marées il se jetait dans les rouleaux, m'entraînait avec lui et je me laissais faire.

Les paysages que nous traversons me sont familiers, ce sont des routes toutes droites, planes, cernées de tamaris, de chênes verts et de pins maritimes qu'on croirait sculptés par le vent et les embruns. Cela aussi me ramène à l'enfance : tout était à l'identique, rien n'a changé, sauf qu'on roulait à vélo. Je me demande pourquoi je suis saisi par une telle bouffée de nostalgie. Peut-être ai-je l'intuition que cet équilibre pourrait être menacé.

Dix minutes plus tard, on est devant la baraque à frites où une queue s'est formée. Désormais, le camping affiche complet et Chez Anne-Marie est l'endroit où on peut venir acheter à toute heure des boissons fraîches, des glaces, des beignets, des friandises, des sandwichs, de la salade niçoise et, donc, les fameuses barquettes de frites généreuses, débordantes, saupoudrées de gros sel.

François est réquisitionné dans l'arrière-cuisine pour éplucher les pommes de terre puis les passer à la découpeuse manuelle. Ça n'a l'air de rien, pourtant c'est un boulot de chien, qui nécessite une véritable endurance. À moi, on ne me demande pas de m'y coller, on estime depuis belle lurette que j'en serais incapable. Non, moi, je viens aider Anne-Marie à emballer et encaisser les achats. Il faut dire que j'ai toujours aimé ça, jouer à la marchande. À douze ans, j'étais déjà chargé de rendre la monnaie et je m'acquittais de ma tâche avec une rigueur exemplaire. On n'a pas contrarié ces dispositions.

Une heure et demie plus tard, le premier coup de feu est passé, c'est plus calme en attendant celui du début de soirée, lorsque les gens remonteront de la plage. François et moi, on est autorisés par la reine-mère à rendre nos tabliers. Aussitôt, on se dirige vers L'Ambiance, le bar situé juste en face du camping, de l'autre côté de la route principale. L'établissement est resté dans son jus. Il y a, pour les gamins comme nous, un baby-foot, deux flippers et des bornes d'arcade. Sans même s'être concertés, on se plante devant une borne, côte à côte, on glisse une pièce de deux francs, on s'empare des manettes sur le panneau de contrôle pour entamer une course de bagnoles endiablée, excités par les bruitages d'accélération, de freinage, de crissement de pneus crachés par les enceintes.

C'est alors qu'il se livre à cette compétition acharnée que François commence à me parler d'Alice : « On a rendez-vous ce soir à L'Escale à dix-huit heures. » Dans la foulée de cette révélation, ma bagnole se crashe. Il me houspille : « Fais gaffe, un peu. » Puis il s'explique : « Elle est passée au marché ce matin, avec ses parents et son frère, c'est moi qui ai proposé, elle a dit oui. » Je ne peux réprimer un : « Ah bon ? » Il s'étonne de mon étonnement : « Ben pourquoi elle aurait pas dit oui ? On a passé une super soirée hier, maintenant elle fait partie de la bande, et puis j'ai l'impression que je lui plais. » Je m'efforce d'éviter un deuxième accident. Je murmure : « Elle te l'a dit ? » Il ne comprend pas. Je précise : « Que tu lui plaisais ? » Il hausse les épaules : « C'est pas des choses qu'on dit. » Je songe : peut-être que je me suis trompé, peut-être que son attirance affichée pour Nicolas n'était qu'une diversion, peut-être que sa cible secrète c'est en effet François, la séduction emprunte parfois des détours inattendus.

Tandis qu'il se cramponne à ses manettes, pour éviter une sortie de piste, il ajoute : « Elle a proposé qu'on se retrouve tous. » Je songe : donc je ne me suis peut-être pas trompé, si elle avait un faible pour François elle aurait accepté le tête-à-tête ; en demandant qu'on reconstitue le groupe de la veille, elle se donne l'occasion de revoir Nicolas.

Je crois alors de mon devoir de tempérer les ardeurs de mon ami d'enfance, pour lui éviter de futures déconvenues. Je marmonne : « Elle aime bien Nicolas aussi... » Dans la seconde, François éclate de rire : « Lui ? Intéresser une fille ? T'es à côté de la plaque. Les filles, elles aiment les mecs qui assurent. Il a un côté mauviette, tu avoueras. » Je proteste : « Non, je ne trouve pas, c'est vrai qu'il fait un peu fragile, ça veut pas dire que c'est une mauviette. » Il me coupe : « Je l'aime bien, mais c'est une mauviette, crois-moi. »

Vexé par sa férocité décomplexée, comme si elle m'atteignait moi (et, au fond, il y a quelque chose de cet ordre : je ne suis pas uniquement en train de défendre le faible injustement attaqué, je fais un transfert), je lance : « Et qui te dit que lui n'est pas attiré par Alice ? » Immédiatement, je m'en veux. D'abord parce que j'énonce un fait qui n'est pas établi, ensuite parce que je place *de facto* Nicolas dans la ligne de mire, enfin parce que je comprends – trop tard – que je me mêle d'une affaire qui ne me regarde pas.

François éclate à nouveau de rire : « Depuis quand les filles le préoccupent ?! » Sa question me décontenance : croit-il que Nicolas préfère les garçons ? Je me rappelle soudain que le matin même, l'intéressé m'a dit : « Y a des gens qui pensent que je suis pédé. » François lui a-t-il fait des allusions dans ce sens ? Il lève mes doutes : « C'est un sauvage, le mec, il a pas d'amis, si je l'avais pas alpagué cet hiver il fréquenterait personne sur l'île, et puis il fait des dessins trop bizarres, franchement il vit dans son monde. »

Et il serre le poing parce qu'il vient de réussir sur l'écran une manœuvre délicate avec son bolide de course. Cette victoire est sans rapport avec ce qu'il vient d'énoncer, elle est juste concomitante de son récit, mais je ne peux m'empêcher d'y discerner la métaphore de leur relation, et au-delà le symbole de ce qu'il incarne. François est le fort en gueule, celui qui a le dessus. Il ne fait que confirmer son statut de manière éclatante.

C'est alors qu'il ajoute une phrase malheureuse (les vainqueurs ne savent pas s'arrêter, c'est généralement cet excès qui les perd) : « De toute façon, Alice, c'est moi qui l'ai vue en premier. »

Je ferme le ban : « Faut avoir sept ans d'âge mental pour balancer une connerie pareille. »

Le soir, comme prévu, on se rejoint à L'Escale. Nous, les garçons, on arrive en premier. D'abord, on reste à l'extérieur, sur la place des Tilleuls, aux abords du manège, où une fillette s'échine sans succès à attraper la queue du Mickey tandis que sa mère fume une Royale Menthol (j'ai reconnu le paquet, ma mère a longtemps fumé les mêmes), en l'encourageant vaguement. François et Nicolas, tirant eux aussi sur leur clope, ne peuvent s'empêcher de s'observer en chiens de faïence, et je comprends que je suis probablement responsable de cette méfiance nouvelle. Je meuble la conversation avec Christophe qui, de son côté, ne semble s'apercevoir de rien. Je demande si la pêche a été bonne ce matin. Il ne se fait pas prier pour raconter : « On a eu de la chance, on avait posé les filets au bon endroit et les courants nous ont bien aidés, on a réussi à remonter pas mal de bars et de soles, y a des jours avec. » Sauf que personne ne l'écoute vraiment. Mais il faut bien passer le temps avant l'apparition tant espérée, ou redoutée, d'Alice.

Apparition qui finit par se produire dix minutes plus tard. La jeune fille de l'été porte une salopette en jean et nous nous accordons tous à penser que cette tenue est faite pour elle. Marc lui emboîte le pas, je note qu'il est vêtu d'un short beige et d'un tee-shirt blanc qui dessine son torse, Nicolas m'adresse un bref sourire de connivence quand il surprend mon regard appuyé, intrigué.

On va s'installer dans le café, à une des tables qui jouxtent la baie vitrée. De là, on a une vue imprenable sur les estivants qui reviennent de Saint-Sauveur avec leur parasol en bandoulière et leur glacière à bout de bras. Non loin de nous, deux garçons, douze ou treize ans, jouent au flipper. Je remarque leur concentration, leur hargne, leurs mouvements du bassin pour accompagner la boule, leurs doigts qui appuient frénétiquement sur les boutons latéraux, et la colère de l'un quand il fait tilt. François les regarde à son tour et sourit.

On évoque brièvement le bal du 14 Juillet, comme si les flonflons de la fête résonnaient encore pour former un écho lointain. Puis Alice change de sujet : « Nous, on est allés au cinéma, cet après-midi, il faisait beaucoup trop chaud pour la plage, on voulait pas cramer. Au fait ça va durer encore longtemps cette canicule ? » Je me montre curieux (bon dérivatif, la curiosité) : « Vous êtes allés voir quoi ? » Elle dit : « *Subway*, de Luc Besson. Tiens, ben d'ailleurs, il porte le même nom que toi, il est de ta famille ? » Je fais non de la tête, désolé de la décevoir. Elle enchaîne : « Ça déchire, il faut que vous y alliez, il y a une scène géniale où Adjani arrive à un dîner avec une coupe de cheveux iroquois, en tirant la gueule, son mari lui demande de sourire et elle dit : "Quand je souris ça me donne envie de vomir, qu'est-ce que tu préfères ?", et pendant le dîner, elle atomise la femme du préfet et elle finit par se lever de table en tirant la nappe, en balançant tout ce qu'il y a dessus, franchement, tu rêves de faire pareil ! » Marc renchérit : « Il y a surtout une bande-son démente. Cette chanson, "It's Only Mystery", elle me reste dans la tête depuis tout à l'heure. » François feint l'intérêt : « Il faudra qu'on y aille. » Amusé par ce stupéfiant retournement de veste (il devient coutumier du fait, l'amour rend bête), j'objecte : « Je croyais que ça te gonflait, le cinéma. » Il hausse les épaules : « N'importe quoi ! » Je ne sais plus quoi penser de ses efforts pour séduire Alice. Ils sont à la fois touchants et pathétiques.

Ensuite, la conversation est décousue, on saute d'un sujet à l'autre sans qu'il y ait le moindre fil conducteur, on ne finit pas nos phrases, on se coupe, parfois on parle fort pour se faire entendre, on s'esclaffe, on dérange nos chaises qui crissent sur les dalles, c'est un joyeux bordel, il est question de François Mitterrand (quelqu'un prophétise : « Il va se prendre une branlée aux élections », je réponds : « On va tous voter pour la première fois l'an prochain, vous vous rendez compte ? », Christophe boude : « Je m'en fous, j'irai pas »), de SOS Racisme et du grand concert qui a eu lieu un mois plus tôt sur la place de la Concorde (« On y était, révèle Alice, c'était un grand moment de communion », elle prend un air sérieux et profond quand elle dit ça, François l'imite, moi j'ai envie de sourire, certes la cause est juste, mais penser qu'un concert fera reculer le racisme me paraît puéril, je suis déjà désenchanté), de Jean-Paul Kauffmann et Michel Seurat, otages au Liban (comme si leur identité ne pouvait plus être distinguée de leur situation), de la fac et des grandes écoles, du prix des walkmans (« ça craint »), de celui des demis de bière (« c'est portenawaque ») et d'autres choses encore, que j'ai oubliées.

Pendant ces échanges, Nicolas est celui qui demeure le plus en retrait, ne parlant presque pas, vautré sur sa chaise, les jambes écartées, les bras croisés, je repense à ce que François a dit de lui, il avait raison à propos de la sauvagerie. Alice l'observe régulièrement, elle lui sourit, parfois il répond, la plupart du temps non. Marc me dévisage à deux ou trois reprises, c'est agréable et dérangeant. François fait son grand numéro, il a indéniablement de la présence, je l'aime pour ça, même si par moments il prend trop de place. Je savourerais pleinement cet instant si j'étais tout à fait certain qu'il allait durer.

Et puis, sur la fin, Christophe nous étonne. Alors que la discussion a roulé de nouveau sur la pêche et que chacun s'émerveille sur le métier de pêcheur, laissant entendre que c'est le plus romantique d'entre tous, il s'agace : « Arrêtez avec ça ! C'est un boulot hyper pénible et hyper répétitif. Regardez mon père : il a quarante balais, on dirait qu'il en a soixante, et il se demande comment il va tenir encore vingt ans. Franchement, moi, si je pouvais faire autre chose, je le ferais, enfin bon, j'ai pas le choix. »

On est tous un peu déçappointés que Christophe casse un mythe. Cependant, c'est la réplique de Nicolas qui nous laisse perplexes : « Ben si, tu as le choix. Tu as le choix de te tirer, y a rien de plus simple. » Christophe ne s'en laisse pas conter : « Ah ouais ? Et pour aller où ? Et pour faire quoi ? » L'objection nous paraît frappée au coin du bon sens. Elle ne convainc pas Nicolas. Il dit, comme s'il énonçait un axiome : « On se tire pas pour aller quelque part, ou pour faire quelque chose. On se tire, c'est tout. »

François coupe court à l'échange : « On se reprendrait pas une biniouse ? »

Le lendemain matin, je rejoins Nicolas. C'est lui qui m'a proposé ce rendez-vous quand on s'est quittés la veille. (Je reste décidément émerveillé par ces connivences que l'été favorise : on ignorait tout de l'autre et désormais il occupe notre temps et notre esprit, on ne se connaissait pas et soudain on devient inséparables.) Comme la veille, je me tiens en retrait sur la route devant sa maison pour le héler. J'imagine que nous allons encore marcher sur les chemins alentour, ou peut-être nous asseoir contre des ganivelles, comme je le fais avec François. Mais non, il me propose d'entrer chez lui. J'ai un court moment d'hésitation et puis, bien sûr, j'ouvre la barrière pour parcourir les quelques mètres qui me séparent de la porte d'entrée et j'en franchis le seuil. Je découvre une maison modeste, de petite taille, faite pour deux personnes seulement. D'abord, une pièce principale qui fait office de cuisine ouverte, salon et salle à manger. Au sol un carrelage beige, facile à entretenir, aux murs un papier peint à motifs que le soleil a délavé, au centre une table recouverte d'une toile cirée et des chaises en plastique pareilles à celles qu'on choisit pour les vérandas, très peu de meubles, je comprends qu'ils ont emménagé rapidement et à l'économie. Nicolas ne s'attarde pas et me conduit à l'étage. D'un côté, une salle de bains et la chambre de sa mère, de l'autre sa chambre à lui. C'est là qu'on s'installe. La fenêtre est ouverte, elle laisse entrer la lumière et la chaleur. Aux murs, un poster de Téléphone (j'ai un pincement en me rappelant que c'était le groupe préféré de Thomas, mon amoureux perdu) et un autre de la célèbre photo de Rimbaud prise par Étienne Carjat, où le gamin a l'air d'un premier communiant, d'un enfant obéissant, mais, dans le regard, on distingue déjà les incendies à venir. Les draps sont en désordre, on s'assoit dessus face à face, à l'indienne. Avec un autre, je discernerais peut-être une ambiguïté dans cette proximité. Avec lui, aucun risque. Du reste, il me fournit une explication des plus prosaïques, sur un ton qui me paraît sincère : « Il fait trop chaud pour aller se balader, tu trouves pas ? »

Je dis : « Ta mère n'est pas là ? » Il dit : « Non, elle travaille tout le mois de juillet, elle aura ses congés en août. » Il ajoute : « Elle bosse à la mairie, François t'a sûrement raconté. » Je fais signe que oui. Il poursuit : « C'est un boulot qu'elle a trouvé grâce à un ami quand on a dû quitter Poitiers. » Je sursaute : « Vous habitiez Poitiers ? » Il raconte : « Je suis né là-bas, j'y ai grandi, bon c'est un peu une ville à se flinguer, mais on choisit pas. » Bien que je me doute de la réponse, je pose l'inévitable question : « Pourquoi vous êtes partis ? » Il va droit au but : « Mes parents ont divorcé et ça s'est mal passé, il a fallu qu'on prenne nos distances. » Je rebondis : « Vos distances ? » J'assume d'être intrusif, je devine que le coup de la chambre n'est pas complètement anodin, qu'il a envie de parler, voire qu'il en a besoin, sans doute parce qu'il ne parle jamais et qu'un quasi-inconnu avec qui il se découvre une sorte de fraternité fait un confident idéal. Là encore, il ne biaise pas : « Il a très mal pris la séparation ; mon père, tu sais, c'est un type plutôt possessif, il supporte pas que les choses et les gens lui échappent. » Je persiste dans une forme d'aplomb, ou d'impudeur : « Possessif ? » Il est clair et tranchant dans sa réponse : « Il peut être violent aussi. »

(Je ne demande pas davantage de précisions au sujet de la violence. Je n'ose pas. S'est-elle exercée sur l'épouse ? sur le fils ? sur les deux ? Tout à mon besoin d'imaginer – déjà –, je me représente des gifles, des coups de poing, des blessures, de la brutalité. Je me figure aussi des sarcasmes, des éclats de voix, des ordres contradictoires, du harcèlement, du dénigrement, du mépris. Je ne sais pas ce qui est le pire. Je jette un bref coup d'œil en direction de la fenêtre ouverte, pour saisir un peu de soleil, inspirer un peu d'air. J'ignore qu'un jour, j'écrirai sur tout cela, sous la dictée d'un autre jeune homme, qui lui ressemble d'ailleurs.)

Il poursuit : « En fait, un matin, quand je me suis levé, je me suis rendu compte que ma mère avait préparé des valises, elle a dit : "On part." Et on est partis. Elle ne pouvait plus vivre dans la même ville que lui. » Pour masquer un certain trouble, je m'arrime aux simples faits : « Donc tu ne le vois plus du tout ? » Il dit : « Il a fini par apprendre où on était. Il menace régulièrement de débarquer. Pour l'instant, il n'a pas mis ses menaces à exécution, ça nous fait des vacances. »

Tout le temps de sa confession, il s'est exprimé sans émotion apparente, avec une certaine neutralité, comme s'il avait désormais suffisamment de recul, comme si le temps avait fait son œuvre. Et cependant, je n'y crois pas tellement. Je pense au contraire que cette monotonie dans le ton n'est qu'une manière de masquer ses sentiments. Et la façon qu'il a eue de conclure (« ça nous fait des vacances ») témoigne, d'une certaine manière, de son dépit, de sa colère et de sa peur.

Après ça, je ne voudrais pas que le silence s'installe, que Nicolas me croie envahi par la compassion, j'ai compris qu'il répugnait à la solennité, pourtant il s'installe, ce putain de silence. Je ne trouve pas de mots. J'ai dix-huit ans, je n'ai pas de repartie, je ne sais pas me débrouiller encore avec les situations inédites, embarrassantes. Et lui, il le laisse exister, ce silence. Il ne le contrarie pas.

J'en profite pour le détailler, pour observer les cheveux fins, blonds, les yeux clairs, entre le vert et le bleu, le teint diaphane – décidément le soleil n'a pas prise sur lui –, et je finis par lui sourire. Il me rend mon sourire. D'un coup, il y a une douceur. Une douceur, une fois encore, dénuée d'ambiguïté. Juste une douceur toute bête. Incroyablement bienvenue.

Je change de sujet : « François m'a dit que tu dessinais... »

Il esquive : « C'est rien, des croquis, des trucs au crayon, vite faits. »

J'insiste : « Je peux voir ? »

Il rechigne et finalement se lève pour aller dénicher sous le lit un carton à dessin vert et noir, avec des feuilles Canson qui dépassent. Il me laisse le soin de l'ouvrir, son regard est fuyant. J'entame la revue des croquis. Je n'y connais pas grand-chose, pourtant il me semble que le trait est sûr et que, chaque fois, dans cette sobriété, il dégage l'essentiel de son sujet. Il a reproduit certaines toiles d'Edward Hopper (dont je ne sais rien alors et dont il est le premier à me dire : « C'est le peintre de la mélancolie »), notamment une femme de profil, coiffée d'un chignon, assise sur un lit, entourant ses genoux de ses bras, ou une autre femme, installée seule à la table d'un café et portant un chapeau cloche. Je suis frappé par la tristesse qui se dégage de ces dessins. Je songe : « Ça ne peut pas être seulement la faute à Hopper et à sa fichue mélancolie. »

Il y a aussi un portrait d'homme, sévère, au visage déformé, à la bouche ouverte. Je cherche à comprendre : « Ça aussi c'est inspiré d'une peinture existante ? » Il dit : « Non, ça, c'est mon père. »

Je repense à la phrase de François : « Il fait des dessins trop bizarres. »

Sur le coup de seize heures, on se retrouve tous à la plage des Grenettes. On étend nos serviettes, on n'a pas pris de parasol, le parasol c'est un truc pour les vieux ou pour les nourrissons. Alice a néanmoins pensé à la crème solaire, elle s'en enduit les bras, les épaules, le cou, le ventre et on la regarde faire, vaguement admiratifs, comme si on était au spectacle, troublés aussi par la sensualité qui se dégage de chacun de ses gestes. Quand elle a terminé, elle nous en propose et on s'empresse tous de dire oui – courageux mais pas téméraires.

Elle porte le maillot de bain du premier jour, celui qui avait attiré l'attention de François et qui, d'une certaine façon, nous vaut aujourd'hui d'être alignés avec elle sur le sable brûlant, face à la mer. Dans l'ordre, Marc, moi, Nicolas, Alice, François et Christophe. Personne n'a officiellement décidé cet ordre mais, quand on y réfléchit, il obéit à une logique implacable. Christophe à une des extrémités – il est le moins exigeant d'entre nous, le moins ramenard – et à côté de François – c'est son meilleur ami. Alice entre ses deux prétendants, bien qu'en réalité le terme soit inexact car si, en effet,

François prétend, Nicolas n'exprime toujours aucune intention et demeure insaisissable. Je suis étendu à côté de Nicolas, chacun ayant admis qu'entre nous deux s'est noué un lien notable. Enfin, Marc est mon autre voisin car il s'agirait peut-être de mettre au clair cette histoire d'attirance informulée.

Nos corps – mis presque à nu – disent aussi quelque chose de nous, évidemment. Celui, flasque, généreux, débordant, de Christophe, avec ses éraflures et ses rougeurs sur les avant-bras. Celui, ferme, musclé, de François, avec ses poils sombres au niveau du plexus et sur une ligne courant du nombril au pubis. Celui, doré, soyeux, remarquablement proportionné d'Alice, avec ses seins en forme d'abricot. Celui, maigre, presque malingre et pâle, de Nicolas, parsemé de grains de beauté. Le mien, sans grand intérêt, ni beau ni moche, passe-partout. Celui, sain, équilibré, rassurant, de Marc, avec son torse de nageur.

Même nos maillots de bain nous définissent, c'en est effarant. Un caleçon long, trop étroit aux cuisses, imprimé de grosses fleurs bleues pour Christophe. Un slip pour François, afin que nul n'ignore que la nature a été généreuse avec lui. Un bikini classique pour Alice, au motif fleuri. Un short pour Nicolas, vert kaki, comme s'il avait pris le premier truc qui lui était tombé sous la main et visé juste. Un caleçon long, informe, pour moi aussi, qui permet d'en montrer le moins possible. Et une sorte de boxer pour Marc, ce qui ne manque pas de renforcer son côté sportif.

Très vite, François, je le connais, a envie de filer à la baille. D'abord parce qu'on crame et que se baigner est encore le meilleur moyen d'échapper à la fournaise, ensuite pour montrer quel nageur athlétique il est. Il le ferait sans hésiter si on n'était qu'entre garçons, cela étant il comprend qu'il lui faut attendre le signal d'Alice, comme lorsqu'on est à table et qu'on patiente jusqu'à ce que la maîtresse de maison se saisisse de sa fourchette pour commencer à manger. Heureusement, elle ne tarde pas à se lever. Aussitôt, il court se jeter contre les vagues et on l'imite tous, avec un léger temps de retard. Il se met à crawler frénétiquement en direction du large, il doit penser que, dans l'eau, il montre enfin de quoi il est capable, à quel point il est à l'aise avec son corps, il imagine qu'Alice pourrait voir sa fougue, son tempérament. Et j'avoue que la mer est son élément. Moi qui n'ai jamais éprouvé de désir pour lui, parce que nous sommes des camarades d'enfance, je pourrais presque concéder un trouble devant sa puissance et son aisance.

Dans l'eau, on retrouve tous nos réflexes primaires. On provoque évidemment d'immenses gerbes en moulinant des bras pour éclabousser les autres. Christophe se jette sur moi pour me faire couler et y arrive très bien. François fait le poirier au fond de l'eau et seuls ses pieds dépassent, à la surface. Alice fait la planche sur le dos quelques instants avant que son frère ne la retourne comme une crêpe. Je grimpe sur les épaules de François et je salue la foule à la manière de la reine d'Angleterre, en faisant pivoter mécaniquement ma main. Seul Nicolas reste à l'écart, ces jeux d'enfant ne le concernent pas.

Tout n'est pas enfantin, pourtant. Tout n'est pas innocent, lorsque les corps se frôlent. Ceux qui nous observent depuis le bord pourraient penser que nos ébats ressemblent quelquefois à une ronde, ou à une parade amoureuse. Et sans doute ne se tromperaient-ils pas.

Quand on revient à nos serviettes, presque une heure plus tard, on est épuisés, rigolards, frémissants, on s'étend sans prendre le temps de se sécher, on aime ces gouttes salées qui perlent sur la peau, qui conservent la fraîcheur. Nicolas a les cheveux collés aux joues. D'abord, on ne se parle pas, on cherche le repos, la décontraction et une sorte de demi-sommeil. Mais chaque fois qu'on tourne la tête, mollement, nonchalamment, on tombe sur le visage d'un autre et quelque chose se rallume. François détaille l'anatomie d'Alice tandis qu'elle a les yeux clos. Elle s'étonne de la blancheur de la peau de Nicolas, ou s'en émerveille. Marc et moi, on rouvre les yeux au même instant et nos avant-bras se touchent. Dans cette fausse immobilité, le désir circule. Parfois aussi de l'inquiétude. Quand j'ai la sensation que Nicolas est plongé dans le coma, ou que je surprends le regard sombre de François s'agaçant de l'indifférence d'Alice, ou quand je me demande si je pourrais me tromper sur les arrière-pensées de Marc.

Autour de nous, le pépiement des enfants et la protestation des mères qui leur intiment de s'éloigner du bord, les ahanements de trentenaires improvisant une compétition de volley sur le sable, les bribes de conversations incompréhensibles rapportées par le vent, les exclamations d'un vendeur de chichis ambulant, le cri des mouettes et le vagissement des vagues. Cette cacophonie étouffée forme la bande-son d'un nouvel après-midi caniculaire.

À un moment, Christophe dit : « On est bien, là, non ? » François répond en notre nom à tous : « Oui, on est bien, là. »

Quand j'y repense, ces mots, ces mots tout simples, étaient justes, profondément justes. On avait été *bien*. Il y avait eu le soleil et le sel sur nos peaux. Il y avait eu de l'optimisme, de l'entrain, de la gaieté. Il y avait eu de l'insouciance, de l'indolence, un laisser-aller, un lâcher-prise. Et on avait été ensemble.

(À ce moment-là, on ne se doutait pas de ce qui allait arriver, on n'en avait pas la moindre idée.)

Ce jour-là, après qu'on s'est tous séparés, tandis que François et moi, désormais seuls, marchons en direction de la rue des Coquelicots pour regagner la maison, je sens chez lui une sorte de désarroi, une contrariété, un tourment.

Il maugrée : « Tu avais raison. » Et s'arrête là. Je demande des éclaircissements, alors que j'ai évidemment saisi la cause de sa mauvaise humeur : « À quel sujet ? » Il hésite, je comprends que les mots sont difficiles à prononcer, finalement il les lâche comme on crache : « Elle préfère Nicolas. » Je pense d'abord à amortir la souffrance de mon camarade, quitte à m'arranger avec ma propre conviction : « C'est pas certain, elle n'a rien exprimé de précis et ils ne se voient pas en dehors, Nicolas me l'aurait dit. Il ne s'est rien passé entre eux. » Il revient à l'essentiel : « C'est lui qui l'intéresse, je te dis, ça crève les yeux. D'ailleurs, tu as bien vu, elle "adore" (il mime des guillemets) son short kaki et ses grains de beauté. » Je songe que, moi aussi, je les aime beaucoup, mais je me garde d'en faire état. Il se fait péremptoire : « J'existe pas. » Je tente de nouveau d'alléger son amertume : « Tu ne peux pas dire ça, elle passe beaucoup de temps avec nous tous, et quand on se baignait elle était pas la dernière à déconner avec toi. » Il n'en démord pas : « OK, sauf qu'elle a pas envie d'être avec moi, point barre. »

Je mesure son dépit. C'est celui du garçon auquel d'ordinaire les filles ne résistent pas, qui d'habitude ne perd jamais, qui attire et le sait, et qui obéit généralement à son avidité. Son orgueil est blessé et l'orgueil d'un type de dix-huit ans peut être gigantesque. Mais il ne s'agit pas seulement de ça. Car, après tout, il pourrait facilement porter son attention sur une autre fille et oublier Alice. Qui plus est, il est assez intelligent pour avoir compris que, s'il avait dû se passer quelque chose entre eux, cela n'aurait été qu'une amourette d'été, une histoire sans lendemain. Non, en réalité, il éprouve des *sentiments* pour elle, c'est peut-être la première fois que ça lui arrive, et il en est le premier surpris. Même s'il répugnerait à l'admettre, il est harponné.

Il persiste dans l'aigreur : « Qu'est-ce qu'elle lui trouve ? T'as vu la dégaine ? Maigre comme un clou, blanc comme un bidet, muet comme une carpe. Alors, ses putains de grains de beauté, hein ! » (Là, il mime un bras d'honneur.) Je prends de nouveau la défense de l'accusé : « Tu n'es pas très charitable, et c'est ton pote, je te rappelle. » Il s'abandonne à la mauvaise foi (ce qui est le vrai baromètre de la colère) : « Je le connais à peine, tu sais, il a débarqué cet hiver, avant je l'avais jamais vu. » Je ne lâche pas l'affaire : « C'est pas l'ancienneté qui compte, tu l'aimes bien, sinon tu ne me l'aurais pas présenté. » Il persiste dans la méchanceté facile : « Il me fait de la peine, c'est pour ça. » Je souris : « On est d'accord que là, tu racontes n'importe quoi ? » Il baisse les yeux, conscient que je vise juste. Pour autant, il ne rend pas complètement les armes : « Ce que je veux dire, c'est qu'il a pas une histoire facile alors, forcément, on a de la sympathie pour lui. » Je plaisante : « Tu joues les anges gardiens, quoi… » Il se renfrogne : « Tu te fous de moi mais y a de ça, avoue que je ne suis pas récompensé ! » Je dis, un peu sentencieux : « Il ne faut pas attendre de récompense des gens qu'on secourt, ni de gratitude pour le bien qu'on fait. » Il hausse les épaules : « Y a bien que toi pour pondre un baratin pareil ! »

(Il pense réellement ce qu'il vient de dire. Il croit, en effet, que rien n'est gratuit, que ceux à qui il se rend utile lui sont redevables, qu'être aimable ça doit rapporter, il a grandi avec ces principes. Accessoirement, il me regarde comme une graine d'intello qui fait la morale, et ma phrase en est pour lui la parfaite illustration.)

On arrive à la maison. Les parents sont rassemblés au salon, devant la télé. L'étape du Tour de France, qui se disputait entre Toulouse et Luz Ardiden, vient de s'achever et les hommes y vont de leurs commentaires. Mon père : « Hinault a vraiment passé une sale journée. » Christian : « Normal, il a une bronchite, et le brouillard dans les Pyrénées, ça n'a pas dû arranger ! » Mon père : « En même temps, il s'en sort bien vu que Greg LeMond pouvait lui piquer son maillot jaune les doigts dans le nez. » Christian : « Il voulait lui piquer, l'Amerloque, heureusement que Tapie lui a rappelé qu'il n'était que coéquipier et que son boulot c'était d'aider le leader de l'équipe. » Mon père : « Tu ne m'ôteras pas de l'idée que LeMond est plus fort, je suis certain qu'il gagnera le Tour l'an prochain. » Christian : « Un Ricain vainqueur du Tour de France, manquerait plus que ça. »

François lève les yeux au ciel : « Viens, on va dans la chambre. » Il se jette aussitôt sur le lit, les bras en croix. Il n'en a pas terminé avec Nicolas : « Lui évidemment, tu comprends, il a le look de l'artiste, du type torturé qui dessine des trucs sombres, alors que moi, je découpe de la viande, je peux pas lutter. »

Il énonce quelque chose qui n'est pas faux, qu'il est difficile de contredire : oui – je m'en suis rendu compte par moi-même –, il est en général d'abord considéré comme l'apprenti boucher, le fils du boucher, celui qui plonge les mains dans les entrailles, qui découpe la barbaque, qui se débarrasse du sang en se frottant les mains contre son tablier, celui qui exerce un métier pas noble, suscitant des haut-le-cœur, et au-delà, il est la classe populaire, pas éduquée, forte en gueule, le prolétariat qui se plaint du gouvernement et des impôts, guinche le samedi soir, et cette condition suscite quelquefois le dédain, plus souvent la condescendance. Et je ne peux pas exclure qu'Alice, élevée dans le XIVe arrondissement, fille de parents cultivés et aisés, éprouve, elle aussi, à l'endroit de François, un peu de mépris, un peu de dégoût pour cette seule raison. Si c'est le cas, ça se produit sans doute malgré elle, ça lui échappe. (Et ne serait-ce pas pire encore, dans le fond ?)

Je dis : « Tu te trompes. »

Il dit : « Je me trompe pas et tu le sais très bien. »

À quatre heures et demie du matin, j'entends François qui se faufile hors de la chambre pour rejoindre son père au labo. Je voudrais le garder un peu avec moi, sans trop savoir pourquoi, mais, en tout état de cause, je n'en ai pas la force. Je me rendors presque aussitôt. C'est Virginie qui vient me tirer du sommeil vers dix heures. Elle dit, arrondissant les yeux tel un chat qui implore : « On n'irait pas ramasser des coquillages ? » Elle précise, pour me convaincre : « Je connais les bons coins. » Je n'ai rien à faire de mieux en cette matinée et je m'en veux d'avoir délaissé Virginie depuis mon arrivée. Je lance, avec un entrain fabriqué dans l'instant : « Je suis ton homme. »

(Curieuse expression que je n'avais jamais employée auparavant, je ne me considérais pas comme un homme, je n'en étais pas un, trop frêle, trop immature, trop soucieux de retenir le temps, déjà, et le temps alors c'était encore l'adolescence ; la différence d'âge entre Virginie et moi explique sans doute cette incongruité.)

Pendant qu'on chemine vers son domaine secret, elle me promet des crevettes, des moules, des crabes, des bigorneaux, je l'écoute sans trop y croire, elle bavarde sans s'arrêter. Elle me conduit finalement à proximité d'un ancien blockhaus, qui commence à être dévoré par la mer (on ne parle pas, alors, des plages qui reculent sous l'effet de l'érosion, ou alors je ne m'en souviens pas), mais reste aisément accessible à marée basse. On retire nos claquettes pour enfiler des bottes. Elle part devant avec une petite épuisette et un seau à la main. Moi, j'ai emporté un panier et un couteau. Les premières prises s'avèrent faciles : des crabes minuscules tombent dans notre escarcelle. Et puis, il nous faut soulever, retourner les rochers et là, c'est une autre histoire : pas de coquillages ou presque. Néanmoins, Virginie ne désespère pas et conserve son allant. Elle me montre des rocailles et j'aperçois des moules en grappe. On reprend notre récolte.

On croise un vieillard qui nous gratifie de ses encouragements. Son visage est strié de rides épaisses, on dirait une carte de géographie, avec les fleuves et leurs affluents (je me servirai de ce visage, des années plus tard, pour inventer un personnage dans un livre). Virginie repart de plus belle.

Je me rends compte alors que j'aurais adoré l'avoir pour petite sœur. Je n'ai qu'un grand frère, mutique, enfermé dans sa bulle, qui vit sa propre vie loin de moi, et des cousins avec qui je ne partage presque rien. Je devine déjà – je l'ai mentionné et cela me frappe de nouveau au souvenir de cette matinée – que je devrai au long de mon existence inventer les proximités, les attachements, les affections qui remplaceront les liens de famille.

Tandis qu'on est penchés sur le sable humide, à gratter, à creuser, elle lance négligemment : « Tu vas coucher avec Marc ? » Je m'efforce de ne pas manifester de surprise alors que je découvre qu'*elle sait pour moi* et qu'elle est visiblement bien informée de mes rapprochements estivaux. Je me contente de la questionner du regard. Avec une sincérité désarmante, elle me fournit l'explication : « Je vous entends parler le soir, dans la chambre, François et toi, les murs ne sont pas épais et je ne suis pas débile, je comprends les choses. » Je bredouille un « je ne sais pas ». Elle enchaîne : « Il est beau ? » J'hésite : « Oui, plutôt. Les autres te diraient qu'il est canon, mais je ne suis pas sûr que ce soit important pour moi. » Elle s'étonne : « C'est quoi qui est important, alors ? » Elle me prend de court. Je balbutie de nouveau : « C'est difficile à dire… C'est ce qui émane des gens… C'est ce que tu ressens… C'est pas juste une question d'allure ou d'apparence… » Elle se montre catégorique : « Oui, enfin, pour coucher, t'as pas besoin d'être amoureux, non plus. » Je la dévisage. Je me demande comment une fille de treize ans est au fait de ces choses-là. Je me demande si je peux avoir ce genre de conversation avec une fille de treize ans.

Elle poursuit comme si de rien n'était : « Par contre, je suis certaine que mon frère, il couchera pas avec Alice, ça pue la défaite, son histoire. En même temps, c'est bien fait pour lui, ça lui fera les pieds. »

Je ne juge pas utile de commenter son propos. De toute façon, elle n'attendait pas d'observation de ma part. Elle a l'air si sûre d'elle.

Elle enchaîne : « Elle couchera pas non plus avec Nicolas, si tu veux mon avis. Je le connais, Nicolas, il est venu à la maison plusieurs fois, c'est pas son truc, ça se voit. » Je dis : « Ah bon ? » Elle s'explique : « Il est trop triste, et trop solitaire, et puis t'as l'impression qu'il est tout cassé dedans. »

Je songe à ce que les fillettes voient et que nous ne voyons pas tout à fait comme elles, à ce qu'elles comprennent et que nous interprétons parfois de travers. Je songe aussi à leur perspicacité et à leur maturité, qui m'effrayent.

Elle dit : « Moi, j'ai pas d'amoureux, c'est trop compliqué. » Je n'ose pas lui balancer le classique, le sempiternel : « Ça viendra, va, tu n'y couperas pas. » J'ai peur qu'elle me rétorque que je parle comme un vieux. Je ne lui dis pas non plus que personne n'a le cœur sec. Là, j'ai peur qu'elle me prenne pour un romantique.

Je dis juste : « Pourquoi tu trouves ça compliqué ? » Ma question paraît la surprendre : « Franchement ? Ben, d'abord, les gens confondent souvent coucher et être amoureux, non ? Bon, admettons que c'est bien de l'amour. Au début, tu passes ton temps à te demander si tu aimes, si t'es aimé. Ensuite, quand t'as un copain, tu passes ton temps à te demander si ça va continuer ou si ça devrait pas s'arrêter. Et quand ça dure, tu finis par t'ennuyer, mais t'as pas la force de recommencer avec un autre. Je préfère encore les crapauds morts. »

Je songe que les filles de treize ans sont beaucoup plus précoces et beaucoup moins sentimentales que les garçons de dix-huit. Et que c'est peut-être elles qui ont raison.

Sans prévenir, elle change de sujet : « Des crabes, là ! » Et se précipite vers les pauvres bestioles qui galopent déjà pour échapper à leur assaillante. On reste encore un long moment sur ce bout de plage désert, à l'ombre du blockhaus. Elle improvise une danse sur les galets puis dessine des formes sur le sable à l'aide d'un bâton, sans que je puisse déterminer de quoi il s'agit. Tout à coup, elle est redevenue une enfant, innocente, insouciante, détachée du monde.

Pour rentrer, on emprunte le chemin des dunes. Du bout de ses doigts, elle effleure l'extrémité des herbes folles et, avec ses pieds, elle fait voler le sable.

Quelques heures plus tard, apprenant que j'ai passé une partie de la matinée avec sa sœur, François s'énerve : « Qu'est-ce qu'elle est encore allée raconter comme conneries, celle-là ? »

Le jour d'après, j'ai rendez-vous avec Marc. Il est passé le matin au marché, il a tourné autour du camion de boucherie, s'est installé sur un des bancs, a fait semblant de feuilleter un prospectus que quelqu'un avait oublié là, il est finalement revenu vers le camion pour demander à François « si ça ne l'ennuyait pas » de me transmettre un message (c'est justement François qui, avec son tact légendaire, m'a raconté son manège : « Tu l'aurais vu, il faisait de la peine à voir, une vraie gonzesse »). Le message, c'était la proposition de rendez-vous. Tout de suite, j'ai repensé à la question de Virginie : « Tu as envie de coucher avec Marc ? » Je me suis dit qu'au moins, on aurait la réponse si j'acceptais son invitation.

Quand, à quinze heures précises, je franchis le seuil de L'Escale, il est déjà là. Il a commandé une bière, sa pinte est bien entamée. D'abord, il ne me voit pas, happé par le mouvement de la rue, le désordre des vacanciers derrière la baie vitrée. Je me rends compte qu'en réalité, son regard est aveugle : il est perdu dans ses pensées. Je peux l'observer sans craindre d'être repéré. C'est vrai qu'il est beau. Bien sûr, il ne ressemble pas à Thomas, pas du tout, Thomas avait des cheveux châtains, presque mi-longs, en bataille, il était mince, Marc est blond et charpenté, mais j'ai compris qu'il me fallait cesser de courir après un souvenir et que le meilleur moyen, c'était encore d'étreindre des corps nouveaux, inconnus. Alors va pour le très beau.

Tandis que je m'approche de lui, je songe : je devrais peut-être lui annoncer d'emblée que j'ai compris pourquoi on est ici, qu'il ne sert à rien d'en passer par la timidité, l'inconfort, les conversations sans intérêt, les formules convenues, les circonlocutions, qu'il vaudrait mieux aller droit au but, pourtant je devine que je n'aurai pas le cran, pas l'aplomb nécessaire. Et puis c'est agréable, ces moments hésitants, maladroits, idiots qui précèdent l'aveu, le basculement. (Il y a aussi que je n'ai pas encore l'habitude des « garçons de passage ».)

D'ailleurs, tout s'enchaîne comme je l'ai envisagé. Marc opte d'abord pour la courtoisie, me remerciant d'être venu. Il murmure : « J'étais pas sûr que tu viendrais, ça a dû te paraître bizarre, ce rendez-vous. » Je ne réponds pas. Parce que sinon, je lui balance la vérité : non, ça ne m'a pas paru bizarre, Nicolas a vu clair dans ton jeu, et du coup moi je t'ai vu venir. Il poursuit : « Chaque fois qu'on se rencontre il y a du monde, résultat on n'a pas pris le temps de faire connaissance. » J'ai envie de lui objecter : à d'autres, tu en veux à mon cul, et je ne te le reproche pas. Évidemment, je continue à me taire et à le laisser se débrouiller.

Il se met à me parler de mes études (abordant le sujet avec un « Alors comme ça… », et je me demande qui emploie des expressions pareilles à part les gens de plus de cinquante ans), des siennes (il répète qu'il ne se sent pas à sa place et je pressens qu'il ne parle pas que de son orientation scolaire), de l'île de Ré (il est enchanté à la perspective qu'on construise un pont, pour ne pas le contrarier je ne lui apprends pas que ce pont signera la fin de mon enfance), de tennis (il joue, il est classé, je ne pratique aucun sport), je n'écoute que d'une oreille, en profitant pour le détailler de nouveau. Il s'efforce de manifester de l'assurance, mais ses mains nerveuses ainsi que ses paupières battantes, qui masquent mal un regard de naufragé, par instants le trahissent. Sa gaucherie me plaît.

Je fais le malin, cependant mon émoi n'est pas moins grand que le sien. Simplement, je parviens à mieux le dominer en me contentant de hocher la tête ou en multipliant les « Ah oui ? ».

Et puis, à un moment, il change de braquet. Je ne saurais dire avec précision ce qui l'en a convaincu, peut-être a-t-il lu dans mon regard une approbation, une autorisation, ou deviné mon impatience, toujours est-il qu'il me lance : « Tu veux pas visiter la bicoque qu'on loue pour les vacances ? » J'accepte sans barguigner et on se lève aussitôt, presque précipitamment. Il règle l'addition, balançant des pièces de monnaie sur la table en formica. Il n'a pas pris la peine de héler le serveur, il tient à ce qu'on détale, à ce qu'on quitte les lieux.

En chemin, il ajoute que ses parents et sa sœur sont à la plage. Ainsi, la voie est libre, nous aurons la maison pour nous. Je me demande quelle excuse il a inventée pour se soustraire à l'activité fondamentale de tout vacancier dans l'île. A-t-il raconté qu'il faisait trop chaud, qu'il y aurait trop de monde, qu'il irait plus tard ? Ses parents ont-ils cru à ses balivernes ? Alice, elle, n'aura pas été dupe. Peut-être même a-t-elle été complice. Oui, bien sûr, elle est dans le coup. Il a dû lui raconter son attirance et elle lui rétorquer : « Vas-y, fonce. » Voire ajouter : « Je garderai les parents éloignés le temps qu'il faudra, tu peux compter sur moi. » Ce serait bien son genre.

Je découvre une maison ancienne (pas une villa chic et bohème telle qu'on en verra pulluler lorsque l'île se reconvertira en paradis pour les privilégiés – je m'en suis déjà désolé, je radote), avec son carrelage en grès, ses murs épais recouverts à la chaux blanche et sa longue table en chêne. J'imagine qu'elle a appartenu à de vieux Rétais et qu'elle est désormais louée l'été par leurs héritiers, qui mènent leur vie ailleurs, loin de leur jeunesse. À l'arrière, j'aperçois une véranda, puis un petit jardin avec un pin parasol planté en son milieu. Marc paraît s'excuser : « C'est pas très lumineux, mais c'est parfait pour les vacances. » Voilà que je viens de l'entendre, le fameux mépris social dont François se sent victime, balancé en toute innocence. J'objecte : « J'aime bien ce genre de maison. » (Ai-je la prémonition qu'elles sont vouées à être transformées, à disparaître ? Ou est-ce que je souhaite signifier à Marc que nous n'appartenons pas au même monde ?) Il dit : « On monte ? » Je le suis.

Quand on arrive dans sa chambre, enfin, il n'y a pas de préambule. On s'embrasse tout de suite, on se presse l'un contre l'autre, on se caresse, on cherche de la main l'érection de l'autre, on retire nos bermudas, nos tee-shirts et on baise. Son corps est plus puissant que je ne le pensais, cela me déconcerte, moi qui préfère la douceur, pourtant je m'y habitue rapidement. Je comprends que sa puissance est le pendant d'une certaine inexpérience. Je ne me considère nullement comme un type expérimenté, disons que je connais les gestes depuis Thomas, j'ai une certaine intelligence du désir de l'autre. On jouit. Je me rappelle précisément les giclées de sperme sur son ventre dur et hâlé.

Après, on reste étendus l'un à côté de l'autre, nus, sur les draps froissés, le regard tourné vers les poutres du plafond, on ne se parle pas. Et, dans ce silence, dans cette proximité figée, bien davantage que dans l'étreinte, un peu plus tôt, je me rends soudain compte que je pourrais éprouver quelque chose pour ce garçon. Appelons ça de la tendresse.

François dirait : « T'es vraiment une fiotte ! »

En fin d'après-midi, je retrouve François et on décide d'aller chez Christophe, lequel doit avoir terminé sa sieste. On découvre Nicolas chez lui. Notre hôte, qui a perçu la tension dans l'air, se croit obligé de se justifier : « On s'est croisés quand je rentrais de la pêche, il faisait un footing sur la plage, je lui ai dit de passer en fin de journée. » Je manifeste ma surprise : « Tu cours, toi ? » Nicolas répond : « Ça m'arrive, tôt le matin, quand il n'y a personne. » François persifle : « Ça se voit pas… » Façon de signifier que Nicolas ne possède guère le physique d'un athlète. Pour une fois, Nicolas réplique : « Y en a à qui ce genre d'allure convient… » N'ayant nulle envie que ces deux-là se cherchent des noises – je préférerais qu'on renoue avec notre nonchalance, notre futilité d'avant –, je m'interpose : « Je suis venu assister à un combat de coqs ? » Aussitôt se produit un relâchement, comme si, au fond, tous étaient d'accord sur le fait qu'il valait bien mieux se montrer paresseux, indolents et s'enfiler des bières en parlant de tout et de n'importe quoi. Surtout de n'importe quoi.

À ma grande surprise, c'est Nicolas qui lance un sujet de conversation : « Vous avez entendu parler de l'histoire des sept lycéens dans le New Jersey ? » Christophe est déjà perdu : « Où ça ? » Nicolas répète : « Dans le New Jersey. Aux États-Unis, quoi. » Christophe fait : « Ah », en reposant sa Kronenbourg. Et Nicolas peut se mettre à raconter : « Ils ont tous moins de dix-huit ans, les mecs c'est des mordus d'informatique, ils ont passé des nuits et des nuits sur leurs ordinateurs et ils ont fini par pirater ceux du Pentagone ! Il paraît qu'ils ont réussi à choper les codes pour modifier la position des satellites ! » Je dis : « Vraiment ? C'est un remake de *WarGames* ou quoi ? » (On a tous vu le film l'hiver dernier, on a tous rêvé d'être un clone de Matthew Broderick.) Nicolas sourit : « Ouais, sauf qu'ils ont pas déclenché la troisième guerre mondiale... » (sans qu'on sache s'il s'en réjouit ou s'en désole). François se montre pragmatique : « Ils risquent quoi ? » Nicolas hausse les épaules : « J'en sais rien, je sais juste que les flics les ont arrêtés, ils les accusent de vol ou un truc dans le genre, c'est pas dingue ? » Et nous tous d'acquiescer : « Dingue ! »

Je scrute Nicolas et je me demande vraiment ce qui se joue sous son crâne. Chaque fois que je parle avec lui, je découvre une nouvelle facette de sa personnalité. Normal, me dira-t-on, puisque je l'ai rencontré il y a moins d'une semaine. Mais il y a des gens qui sont des livres ouverts, dont on cerne le caractère immédiatement. Il y a des gens qui vous balancent leur vie comme un enfant jette ses jouets sur un parquet, ou qui sont d'un bloc, sans fissures, sans aspérités. Lui non. Tout arrive par bribes, ou par secousses.

Et, malgré ça, ces aveux successifs, l'ensemble reste mystérieux, et nébuleux. Seule l'amitié est limpide. Sans taches.

Un sujet en amenant un autre, on en vient à évoquer la soirée d'anniversaire de Christophe, prévue le lendemain. L'occasion pour nous de nous remémorer celles qui l'ont précédée, comme si la nostalgie nous rattrapait déjà, si tôt dans nos existences. On se souvient de ses huit ans : ses parents lui avaient offert une tenue de cowboy et on s'était amusés avec son revolver pendant des jours, parce que rien d'autre n'avait d'importance. Ses quatorze ans : on s'était rendus, à la nuit tombée, au blockhaus de la Conche pour le taguer, on venait de découvrir les bombes de peinture, les pochoirs et on s'était pris pour des graffeurs, Christophe expliquait à qui voulait l'entendre que l'avenir serait punk ou ne serait pas, j'imagine qu'il avait vu un documentaire à la télé. Ses seize ans : on était sortis en mer, là encore à la nuit tombée, avec le bateau de son père, sans l'en informer évidemment, pour Christophe ça n'avait rien d'original, sauf qu'il était le commandant de bord pour la première fois, c'était une nuit saturée d'étoiles et on s'était murgés. L'an dernier, on avait passé la soirée au Bastion et on se préparait à recommencer parce qu'au fond, les boîtes de nuit, c'était un truc de notre âge et qu'on n'avait aucune raison de ne pas faire les trucs de notre âge.

François résume : « Mec, demain, t'as dix-huit ans, prêt pour le grand saut ? » Christophe lui renvoie une moue dubitative, il n'est pas sûr que ce passage change grand-chose, il a compris que la foudre ne va pas lui tomber dessus, qu'aucune métamorphose notable n'interviendra. Puis il corrige sa moue : il est surtout content d'être né l'été, pendant les vacances et que ce soit une balise dans nos vies, un rendez-vous qu'on attend.

On décide qu'avant Le Bastion on ira dîner à la Crêperie des Tilleuls. François assène : « C'est moi qui invite. » On se récrie : « Pas question, chacun paye sa part. » François murmure entre ses dents : « Vous allez me vexer. » Et on comprend qu'il ne prononce pas ces mots à la légère. On bat en retraite : « C'est d'accord. »

Et puis, on se pointera au Bastion sur le coup de vingt-trois heures. Je lâche l'information que je gardais dans ma besace, en prévision de cet instant : Marc et Alice seront là. Trois visages se tournent alors dans ma direction. J'explique : « J'ai vu Marc aujourd'hui. » Je ne précise pas qu'on s'est sucés dans la chambre de la maison que ses parents louent. Je n'en ai pas honte, j'ai juste l'intuition qu'il vaut mieux garder secret cet épisode pour le moment. Néanmoins, je surprends un demi-sourire sur le visage de François, le porteur du message, un demi-sourire qui signifie : toi, mon coco, tu ne t'en sortiras pas comme ça, t'as plutôt intérêt à me raconter ce qui s'est passé. Je poursuis mon récit, feignant de n'avoir rien remarqué : « Et il m'a dit qu'ils avaient prévu de venir, j'ai répondu : "Quelle coïncidence, on y sera aussi." » (Tu parles d'une coïncidence : c'est moi qui ai lancé l'invitation. Un effet collatéral de la tendresse, cette foutue tendresse que je commence à éprouver pour le tennisman blond.)

Je n'ajoute pas ce que Marc m'a confié. Je ne mentionne pas qu'Alice a « vraiment flashé sur Nicolas et prévu de lui mettre un coup de pression : cette soirée tombe à pic ».

François dit : « Je ne sais pas vous, mais moi j'ai l'impression qu'on va s'en souvenir de cet anniversaire. »

Ce 19 juillet, la moiteur persiste. Du reste, le temps est si lourd qu'on nous promet des orages. J'en accepte l'augure, ça ramènera un peu de fraîcheur, le dehors redeviendra enfin supportable.

Le matin, je fais un saut au marché pour saluer François, qui a encore réussi à s'éclipser de la chambre quelques heures plus tôt sans que je m'en aperçoive. Christian en profite pour descendre quelques instants du camion et m'embrasser, me demander si j'ai bien dormi, si j'ai besoin de quelque chose. Et, sans prévenir, il me glisse un billet de cent francs dans la main. Il s'efforce d'être discret, mais sa discrétion est tellement forcée que tout le monde alentour remarque son geste. Il ajoute, avec un clin d'œil appuyé : « Comme ça, vous pourrez vous amuser, ce soir. » Je proteste (la somme est énorme et je ne l'ai aucunement méritée), il se vexe (les chiens ne font pas des chats), je glisse le billet dans ma poche (la pureté a ses limites). François m'adresse un regard qui signifie : ce n'est pas avec son fils qu'il se montrerait aussi pressant, aussi affectueux. Ni aussi généreux.

Dans la foulée, je me rends devant chez Nicolas mais, quand je crie son prénom depuis la route, il n'apparaît pas. Je m'enhardis et viens frapper à la porte. Toujours pas de réponse. J'actionne le loquet, la maison est ouverte, j'hésite une poignée de secondes et j'entre. (Quand j'y repense, ça ne me ressemblait pas, cette hardiesse. Fallait-il que je sois curieux, ou que je pressente qu'il y avait quelque chose à découvrir, à comprendre.) Sur la table, les restes d'un petit déjeuner, une tasse de café, celle de la mère sans doute, et un bol de chocolat encore à moitié plein. Je crie de nouveau le prénom de Nicolas et rien. Je grimpe les escaliers jusqu'à la chambre. Le lit est défait, et toujours pas de trace de mon nouvel ami. Je me prépare à repartir quand j'aperçois le carton à dessin. Je ne peux pas résister. Le portrait du père a été violemment raturé. Sur une autre feuille Canson, Nicolas a esquissé les remparts de Saint-Martin avec la mer au loin (là même où nous avons pissé le soir du 14 Juillet). Je ressors de la chambre, de la maison. Vaguement troublé et incapable de mettre des mots sur ce trouble.

Un peu plus tard, je glandouille au magasin de journaux. Je détaille les livres avant d'en repérer un très court dont j'ai entendu parler et que je n'ai pas encore lu ; je l'achète. C'est *Bonjour tristesse*. (Une prof de français m'a assuré que c'était « charmant, léger ». Quand je finirai par le lire, je découvrirai une tragédie épouvantable, j'apprendrai que des drames peuvent se nouer sous des dehors « charmants, légers ».)

En sortant, je croise Christophe. Il porte un pantalon-cuissardes et ses bottes de pêche. Je lui souhaite officiellement son anniversaire. Il me demande ce que je

« fabrique ». Je dis : « Rien. Je pensais pousser jusqu'à Saint-Sauveur et m'installer là où il y a le petit banc pour lire un peu, tu sais, là où on allait quand on était petits et qu'on voulait que personne nous trouve. »

Le reste du temps, je pense à Marc, j'ai envie de coucher avec lui, de retrouver le goût de sa bouche, l'amplitude de ses bras, la douceur de son sexe.

Avec le recul, je me rends compte de la vacuité de cette journée. À croire que le temps s'était suspendu avant le cataclysme.

Le soir, comme prévu, on se rejoint à la crêperie. Quand on débarque, une grande tablée d'une douzaine de personnes est déjà installée. Ça parle fort, ça crie, ça lève sa bolée de cidre, ça rigole, ça baratine, ça persifle gentiment, ça met l'ambiance. Dans notre coin, on a presque l'air d'enfants sages. On porte néanmoins un toast aux dix-huit ans de Christophe, on ne lui demande pas de discours, l'exercice le mettrait mal à l'aise et, de toute façon, ses paroles seraient recouvertes par le vacarme de nos voisins.

À un moment, Alice est mentionnée dans la conversation, je ne sais plus par qui ni pourquoi, mais ce seul prénom provoque aussitôt un bref échange de regards entre François et Nicolas. Je pense à l'expression : « Un ange passe. »

À un autre moment, le silence se fait brusquement parmi les turbulents convives. Cela nous surprend tellement que nous tendons l'oreille. Une femme évoque une catastrophe qui s'est produite aux alentours de midi, en Italie, elle l'a « entendu aux nouvelles ». On comprend que deux barrages ont cédé dans les Dolomites, un massif fréquenté par les touristes en cette saison, à cause de pluies diluviennes qui tombaient depuis plusieurs jours. Une immense coulée de boue s'est alors répandue sur la vallée et a tout emporté sur son passage. Elle se désole : « Il y aurait au moins soixante morts, et ils disent qu'il y en aura bien plus, et des tas de maisons détruites, et des centaines d'arbres déracinés. » Les autres dodelinent de la tête, avec un air grave, désolé. Elle ajoute : « Il paraît que ça n'a duré que vingt secondes ; vingt secondes, vous vous rendez compte ? » Les autres sont encore plus accablés. Puis quelqu'un lance, en levant son verre : « Bon, faut pas que ça nous gâche la soirée non plus, quelqu'un veut du cidre ? » Et tous d'approuver bruyamment. Je pense aux vingt secondes qui ont tout changé, tout dévasté.

Sur le coup de vingt-deux heures trente, on quitte la crêperie. L'air est incroyablement doux. Sur la place des Tilleuls, il y a beaucoup de monde, des couples, des familles, des types de notre âge regroupés autour d'une moto qui pétarade, et même des vieux. On jurerait que personne n'a envie de rentrer chez soi, que tout le monde veut profiter de la douceur. (Pendant longtemps, et encore aujourd'hui, je chercherai cette douceur du soir, l'été. Rien ne me rendra plus serein. Ça commence là, dans l'année de mes dix-huit ans.) On revient à pied vers la maison. François et Nicolas fument une cigarette, côte à côte, en silence. Christophe et moi, on marche en retrait. La rue de la Cailletière est, elle, étrangement calme. Les roses trémières sont éclairées par les lampadaires.

Après avoir promis aux parents de nous comporter en garçons irréprochables (au moyen d'un définitif « Vous pouvez nous faire confiance », qui a provoqué des mines incrédules) et leur avoir souhaité bonne nuit, on récupère l'Opel Kadett et on file vers Saint-Martin. On ne pense plus à nos voisins bruyants ni aux morts en Italie, on ne pense qu'au dance-floor du Bastion avec ses boules à facettes, aux cent francs que j'ai dans ma poche, et à Alice et Marc qui nous attendent.

J'allume la radio et on se réjouit d'y entendre « Tombé pour la France ». Couvrant la voix d'Étienne Daho, François chante à tue-tête : « Quand le démon de la danse me prend le corps, je fais n'importe quoi. »

Quand on débarque, la piste est encore clairsemée, il faut reconnaître qu'on est arrivés tôt. À l'œil nu, on devine que les prolos rétais (« prolo » n'est pas encore une insulte) se tiennent d'un côté et les Parisiens (on ne dit pas encore « bobos ») de l'autre. Les tee-shirts à l'effigie de Johnny Hallyday ou représentant une tête de loup aux yeux bleus ne se mélangent pas aux polos Lacoste, les bermudas délavés ne s'approchent pas des chinos en toile, les claquettes défient les mocassins, les visages marqués par les embruns ne se tournent pas vers ceux qui arborent des coups de soleil.

On s'avance, un peu gauches, comme si on n'était pas à notre place. Il est vrai qu'en juillet et août, les autochtones deviennent la minorité. Heureusement, François redresse la tête, ce qui nous donne à tous de l'assurance. On jurerait qu'il possède un radar car il repère aussitôt Alice et Marc et nous fraye un chemin vers eux. J'ai la curieuse impression que se glisse un peu d'embarras dans nos retrouvailles, je me trompe sans doute. Alice détaille François et se moque gentiment de lui : « C'est bien que tu n'aies pas mis de gel aujourd'hui. »

Il préfère sourire de cette petite humiliation. En retour, il bafouille : « Tu sens bon. » Elle minaude : « *Opium*, d'Yves Saint Laurent. » Aucun de nous ne commente. On commande les premiers verres.

On reste quelques instants sur la terrasse qui conduit aux fortifications. L'air est encore tiède, mais un vent s'est levé, qui vient de la mer. Je me rappelle la promesse d'un orage, je n'en dis rien pour ne pas jouer les rabat-joie. On finit néanmoins par regagner l'intérieur.

Nicolas et moi, on est les derniers, on s'efforce de ne pas perdre de vue les autres qui ont pris un peu d'avance, quand soudain Nicolas s'immobilise, de sorte que je le bouscule. Par réflexe, je l'engueule : « Pourquoi tu t'arrêtes comme ça ? » Il bafouille un « pardon ». Il ne s'agace pas à son tour, non, il dit simplement « pardon ». Et cette excuse me déconcerte. Je remarque alors que son visage a changé. J'ai l'impression d'y lire du désarroi ou de la frayeur. Je dis : « Ça va ? » Il ne répond pas. J'insiste : « Il se passe un truc ? » Il balaye ma question d'un revers de main : « Non, j'ai juste vu un mec que je ne m'attendais pas à voir, en fait c'est un connard de mon lycée que j'ai pas envie de croiser. » Je crois maintenant discerner un mélange d'affolement et de colère dans sa voix au point que je suis tenté de lui demander de m'en dire davantage, mais il se reprend : « On bouge, sinon les autres vont nous chercher. » Obéissant, je lui emboîte le pas, tout en cherchant à savoir qui, parmi la foule, pourrait être le type qui l'a perturbé.

Vers minuit, la foule devient compacte, elle n'est plus qu'un bloc de bras levés et de cheveux collés aux tempes, l'ambiance jusque-là décontractée devient survoltée. On oublie qu'on est dans une enceinte historique, désormais soumis aux choix d'un DJ un peu allumé et aux premiers effets d'une trop grande consommation d'alcool. On danse jusqu'à l'épuisement.

Je reconnais à peine Christophe qui se déhanche sur « Marcia Baïla » des Rita Mitsouko tout en chantant les paroles en play-back, ou François qui tourne sur lui-même en bousculant ceux qui ont le malheur de l'approcher. Moi, je fixe Marc en souriant bêtement quand je tangue sur la musique.

À un moment, on va se mettre un peu à l'écart, lui et moi, épaule contre épaule, on n'ose pas s'embrasser, les garçons ne s'embrassent pas au Bastion, ça ferait mauvais genre, ou on leur casserait la gueule, cependant les peaux se touchent. On est dans cette niaiserie des liaisons débutantes.

De là, j'aperçois Nicolas en compagnie d'Alice. Ils se tiennent sur le promontoire, lui fume, elle sirote un verre à la paille. Marc me fait un aveu : « Ils se sont vus, ce matin. » Je sursaute. Il croit que je n'ai pas entendu. Alors il répète les mots en les hurlant dans mon oreille tandis que Catherine Ringer explique que « la mort, c'est comme une chose impossible ». Je hurle à mon tour : « J'avais compris. Comment ça se fait qu'ils se sont vus ? » Il m'explique : « Elle n'a pas pu attendre, elle s'est pointée chez lui, ils sont allés se balader. » Je songe : voilà pourquoi la maison était vide. Je veux en savoir plus : « Et alors, ils se sont dit quoi ? » Marc ne tourne pas autour du pot : « Elle lui a fait une déclaration. » J'ai envie de connaître la suite : « Et ? » Marc raconte : « Il a répondu qu'il était touché, qu'il la trouvait vraiment jolie, mais qu'il savait pas très bien où il en était, qu'il avait plein de choses personnelles à régler, qu'il pensait que ce n'était pas une bonne idée de se lancer dans une histoire, elle lui a dit : "Ce serait pas une histoire, c'est les vacances, on a le droit de s'amuser", il a continué à garder ses distances, franchement il est chiant, ton pote, ça lui coûtait quoi d'y aller, regarde, nous, on n'a pas fait autant de manières. »

Je devrais me focaliser sur cette révélation inattendue, sur l'histoire avortée. Néanmoins, c'est autre chose que je retiens : « Ça veut dire quoi, des choses personnelles à régler ? » Marc hausse les épaules : « Qu'est-ce que j'en sais, moi ? Si tu veux mon avis, c'est des simagrées. » Et il ajoute, en montrant sa sœur : « En tout cas, t'as vu, elle lâche pas l'affaire. » Je m'en inquiète : « Elle va finir par lui faire peur, c'est un mec fragile, elle ferait mieux de miser sur François, au moins avec lui c'est du tout cuit. » Marc se marre : « Oui, ça lui a pas échappé que l'autre est chaud comme la braise, mais tu veux toujours celui qui ne veut pas de toi. »

Je contemple la piste. Christophe entame un nouveau Blue Lagoon, Nicolas s'éloigne d'Alice pour se diriger vers les remparts, elle fait la gueule et redescend dans l'arène, François l'accueille les bras ouverts. Le DJ envoie « You're My Heart, You're My Soul », je pense à Virginie qui serait contente. Et finalement, Marc me prend la main et ouvre un passage au milieu des fêtards pour m'emmener aux chiottes.

Quand on ressort, la chanson touche à sa fin. On a juste eu le temps de se rouler des pelles avant d'être éjectés par des types venus soulager leur vessie et qui se sont mis à tambouriner sur la porte, fermée depuis trop longtemps. François, qui nous a repérés, vient à notre rencontre et se moque de nos sourires béats. Puis, soudain, il se tourne vers la piste et pose une question, une question toute bête : « Eh, vous savez où est passé Nicolas ? »

Dans la seconde qui suit, il se fond dans la foule, en levant un gobelet en plastique au-dessus de sa tête, tel un trophée, et se remet à danser comme si sa question n'appelait aucune réponse.

Moi, j'entends sous mon crâne son étrange écho : *Vous savez où est passé Nicolas ?*

Tout de suite j'ai un mauvais pressentiment.
Tout de suite.
Je plante Marc, qui ne comprend pas l'empressement que je manifeste d'un coup à l'égard d'un autre que lui, pour partir à la recherche de l'absent. Je sillonne la piste de part en part, espérant y reconnaître un garçon maigre aux cheveux blonds, longs et fins. Ils ne doivent pas être si nombreux. Pourtant, je ne repère personne correspondant à ce signalement. Je me fraye avec la plus grande difficulté un chemin vers la terrasse, je piétine, jouant des coudes et des épaules, et quand j'atteins mon but, là non plus, pas de Nicolas. C'est le moment que l'orage choisit pour éclater. La pluie s'abat soudain. Une de ces pluies d'été, chaudes et lourdes, qui surgissent sans prévenir. Aussitôt, tout le monde regagne l'intérieur de la discothèque, il y a comme un mouvement de panique, avec des cris et des rires trop forts. Quand la terrasse est finalement quasi déserte, je dois me rendre à l'évidence : Nicolas n'est pas là. Je jette un regard en direction des remparts, et je les trouve sinistres. L'idée me traverse qu'il aurait pu en tomber,

je la chasse immédiatement. Je reviens moi aussi sur la piste, trempé, dégoulinant. La foule y est de nouveau compacte. Je saute à pieds joints pour tenter de distinguer une tête blonde. Mes efforts sont vains et, de surcroît, je me fais engueuler par un type dont j'ai écrasé les pieds. J'aperçois Christophe, visiblement très éméché, et François, chancelant de fatigue, inconscients tous les deux du drame qui se joue peut-être. Je traverse une fois encore la piste, en son milieu, puis sur les côtés, je passe du bar à la cabine du DJ, de la baie vitrée à la rangée de banquettes, me cognant à des fêtards alcoolisés, longeant des enceintes qui me déchirent les tympans, allant jusqu'à inspecter les toilettes de fond en comble : sans résultat. Une sorte d'affolement diffus s'empare de moi, que je tente de raisonner. Je croise Alice qui, devant mon air préoccupé, me demande ce qui se passe. Je mens, lui assure que « tout va bien », avant de poursuivre ma quête, ma vaine quête. Vers deux heures du matin, la piste se clairsème, les gens quittent la discothèque presque en rang d'oignons, et il me faut l'admettre : Nicolas n'est plus parmi nous.

Quand j'en informe les autres, ils ne partagent pas vraiment mon inquiétude. Marc surenchérit : « Il doit bien être quelque part. T'es sûr qu'il est pas sorti pour aller pisser ? La bière, ça pardonne pas. »

J'ai envie de leur faire confiance sauf qu'une petite voix intérieure me murmure qu'ils ont tort et que Nicolas a bel et bien disparu. Elle m'irrite, cette petite voix, mais elle tient bon, elle persiste à m'agacer.

On retrouve le dehors, la pluie a cessé, les gens finissent de se disperser dans le calme. Très vite, les portes de la discothèque ferment, les derniers employés balancent de grands sacs-poubelle noirs dans des containers, le videur décampe, le silence se fait. On décide de marcher en direction du port, l'absence de Nicolas est une béance, on ne voit qu'elle. On arrive devant les bateaux, avec leurs mâts qui font entendre leur stupide bruit de grelots, on reste là, à attendre, parce qu'on ne sait jamais, toutefois notre compagnon ne réapparaît toujours pas. On se met presque malgré nous à se regarder bizarrement.

Je dis : « On devrait pas prévenir les flics ? » François s'emporte : « N'importe quoi ! » J'ignore volontairement son objection : « La gendarmerie est fermée à cette heure-ci, mais si on appelle le 17, on tombera forcément sur quelqu'un. » Alice va dans mon sens : « Oui, doit y avoir une permanence, au moins à La Rochelle. » Je pointe du doigt une cabine téléphonique : « Quelqu'un a des pièces ? » Christophe se montre indifférent à nos échanges, il cuve, assis sur une bitte d'amarrage. Quant à Marc, il se tient en retrait, comme s'il n'avait pas d'avis. Ou bien il ne souhaite pas contrarier sa sœur tout en refusant d'aller dans mon sens, parce que mon angoisse pique sa jalousie, et il en conclut qu'il vaut mieux se taire. François entend nous ramener à la raison : « Vous avez conscience qu'il est sûrement rentré chez lui ? » Je m'étonne : « Sans nous avoir dit au revoir ? Sans nous avoir prévenus ? » Il ironise : « T'es pas sa mère, que je sache, et c'est un grand garçon, il a pas de comptes à nous rendre. » J'insiste : « Et il serait rentré à pied ? Ça fait une trotte quand même ! » Il a encore une réponse dans sa besace : « Il passe son temps à marcher, il fait des footings sur la plage, tu crois que sept bornes, ça pourrait lui faire peur ? »

Je dois reconnaître que les remarques de François sont recevables, je commence d'ailleurs à flancher ; c'est alors qu'il porte l'estocade : « Et puis, il m'a déjà fait le coup le mois dernier. » Je sursaute : « Comment ça ? » Il s'explique : « On zonait au Domalin, un samedi soir, juste après ses épreuves du bac, Christophe était là aussi, bon, dans l'état où il est il va pas confirmer, en tout cas on était tous les trois et à un moment, le mec a filé à l'anglaise ! Le lendemain matin, il est passé au marché pour me dire qu'il s'était senti pas bien, qu'il avait préféré rentrer, il espérait qu'on n'avait pas flippé, j'ai dit que non, qu'on n'avait pas flippé. »

Je perçois très nettement un soulagement général. Oui, bien sûr, il est rentré chez lui. Après tout, c'est un sauvage, Nicolas, un solitaire, un mystérieux. C'est sûrement ça qui s'est passé. Sûrement.

Sauf que la petite voix continue de m'importuner. Je dis : « Du coup, on pourrait pousser jusqu'à chez lui en voiture, peut-être que la fenêtre de sa chambre sera allumée. » François s'énerve pour de bon : « Dis donc, il faut qu'on vous marie tous les deux ! » – ce qui me vaut un regard fâché de Marc.

Il conclut alors, grand seigneur : « T'auras qu'à appeler chez sa mère demain matin et tu verras que j'avais raison. »

Je dévisage mes amis, je repère les traces de fatigue, de transpiration, d'alcool, je remarque la bretelle de la robe d'Alice, qui a glissé au bas de son épaule, la chemise déboutonnée de François et les poils au creux de son plexus, je m'attarde sur Marc, sur ses yeux bleus pour y puiser de quoi me rassurer définitivement.

Je scrute les alentours, les terrasses désertes, les rideaux de fer descendus des magasins, les volets fermés, les lampadaires allumés, le pavé luisant après la pluie, la silhouette de la capitainerie au loin, la mer sombre, je songe que l'été n'est plus tout à fait l'été à cette heure avancée de la nuit.

François dit : « Bon, elle est garée où, déjà, la bagnole ? »

Le lendemain, sur le coup de huit heures, mon sommeil est soudain dérangé, déréglé par la stridence d'un bruit répétitif. Parce que je n'ai pas assez dormi, parce que j'ai mal dormi, parce que j'ai trop bu la veille, je ne parviens pas à identifier ce bruit, je sais juste qu'il siffle dans mes oreilles sans réussir pour autant à m'extirper du semi-coma dans lequel je suis plongé. Et soudain, cette sensation désagréable se double d'un ballottement, d'un cahot. Il me faut quelques secondes avant de comprendre que quelqu'un est en train de me secouer. J'ouvre alors les yeux, mais la lumière en provenance du couloir m'oblige à les refermer et à me protéger de mon avant-bras comme si je subissais une agression. Finalement, je rouvre les yeux pour reconnaître Virginie. Elle me parle. Je ne comprends pas ce qu'elle me raconte, pourtant elle articule des mots, ça ne fait pas de doute. Je lui demande de répéter plus calmement et là, je saisis très bien ce qu'elle me dit, et ce qu'elle me dit réactive aussitôt une angoisse filandreuse : « C'est la mère de Nicolas au téléphone, j'ai décroché vu qu'il n'y a personne dans cette baraque comme d'hab. Elle veut te parler. »

Je me lève d'un bond, je suis à poil, je ne prends pas le temps d'enfiler un caleçon, je ne pense même pas à la fillette de treize ans devant moi, je file au salon, le combiné est posé bien sagement à côté du téléphone recouvert de son cache en velours vert olive, sur la petite table ronde, je devine déjà que je pourrais ne pas aimer ce que je vais entendre, je devine aussi que, le cas échéant, il va falloir trouver les paroles qui conviennent, or à mon âge, on ne les maîtrise pas, ces paroles-là, elles appartiennent au langage des adultes, ou des gens dont c'est le métier de gérer les mauvaises nouvelles.

La voix dans le combiné est inquiète, le débit saccadé : « Je suis la maman de Nicolas, je pensais tomber sur François, sa petite sœur m'a expliqué qu'il travaillait au marché, je lui ai dit que dans ce cas j'allais y faire un saut, mais elle m'a dit : "Philippe est là, si vous voulez", et je me suis souvenu que Nicolas m'a parlé de toi, je crois d'ailleurs que tu es déjà venu à la maison... Et ça m'a marqué vu qu'il n'invite jamais personne... Alors voilà... je sais que vous êtes allés à Saint-Martin tous ensemble hier soir, pour un anniversaire je crois... et comme Nicolas n'est pas rentré cette nuit je voulais savoir s'il avait dormi chez vous... enfin chez François... »

Debout, nu, dans le salon, je ne vois pas le bleu du ciel de l'autre côté de la fenêtre, je ne vois plus que le noir de la nuit précédente, j'expose presque mécaniquement la chronologie des faits : la soirée qui « se passait normalement » et, soudain, la disparition de Nicolas, le temps d'une chanson, les recherches inutiles dans la boîte bondée, les questions qu'on s'est posées à presque trois heures du matin dans Saint-Martin désert, l'hypothèse qu'on a faite, celle de son retour à son domicile par ses propres moyens, et quand je raconte, tout me semble sonner faux, je comprends que ça cloche, maintenant que je sais que Nicolas n'est pas chez lui, je comprends qu'on a été inconscients, immatures, irresponsables et finalement lâches.

Pourtant, au téléphone, la mère ne m'en veut pas, en tout cas elle ne m'engueule pas, elle ne nous engueule pas, en réalité elle est déjà ailleurs, elle pense déjà à raccrocher, à alerter la gendarmerie, à remuer ciel et terre pour qu'on lui rende son fils. Ou elle est déjà au fond d'un gouffre, le sol s'est ouvert sous ses pieds et elle a été engloutie. Je murmure des mots misérables : « Je peux aider ? Je peux faire quelque chose ? » Alors que j'ai compris qu'il est trop tard, six heures trop tard, que nous aurions dû *faire quelque chose* il y a six heures, que j'aurais dû *faire quelque chose* quand mon instinct me le commandait, mais au fond, j'ai eu peur d'être ridicule, peur d'ameuter, d'inquiéter pour rien, et, à la fin, on a perdu six heures qui auraient pu se révéler précieuses. Elle murmure : « C'est gentil, je vais me débrouiller. » Et juste après, j'entends, dans mon oreille, la tonalité du téléphone qu'on a raccroché. Je finis par reposer le combiné. Quand je reprends mes esprits, Virginie se tient dans l'embrasure de la porte. Elle me lance : « Tu devrais peut-être mettre un caleçon. »

Immédiatement, je m'habille pour filer au marché. Il faut que je prévienne François. Il ne pourra rien faire, bien entendu, pas agir, il sera aussi impuissant que moi, mais impossible de rester seul avec cette information, la disparition confirmée de Nicolas, impossible, si je reste seul avec ça je deviens fou. Je n'ai pas l'intention de lui adresser des reproches, ni de lui jouer l'air lugubre du « Si on m'avait écouté... », non, pas du tout, ça servirait à quoi ? et ce qu'il nous a dépeint à tous hier ça se tenait, oui vraiment ça se tenait et, de toute façon, on est tous dans la même galère, maintenant.

Tandis que je remonte la rue de la Cailletière en direction du cours des Écoles, je m'aperçois que je glisse de la préoccupation à l'affolement, de l'émotion à l'alarme, la frayeur diffuse est déjà en train de devenir une terreur que je ne suis pas fichu de dominer. Pour me raisonner, je songe : c'est sans doute juste une fugue de quelques heures. Les adolescents parfois ont de ces langueurs qui les éloignent (cette phrase – un peu sentencieuse, je l'admets – je l'ai écrite, au mot près, dans un poème de mon cru, l'été dernier, c'est sans doute la preuve que j'y crois). Et si quelqu'un est en proie à la langueur, c'est bien Nicolas.

Et puis je longe les roses trémières, elles étaient là hier, elles sont là aujourd'hui, la permanence des choses me rassure une fois encore. Un peu. Un peu seulement.

Arrivé au marché, je me poste devant le camion. Derrière trois personnes qui attendent leur tour, j'observe quelques instants François, occupé à servir une cliente. Quand il remarque ma présence, il m'adresse un petit geste de la main, me sourit et s'en retourne à sa tâche. Il se tient dans l'ignorance, donc dans l'innocence, encore. Je songe que c'est un état magnifique, l'innocence. Et qu'on ne s'en rend compte que lorsqu'on l'a perdue.

Au premier moment d'accalmie, je lui fais signe de descendre et de me rejoindre. Tandis qu'il s'approche de moi, je le vois essuyer le sang de ses mains sur son tablier. Il me dit en rigolant : « T'es tombé du pieu, ce matin ? » Je ne lui rends pas son sourire. Je lui raconte l'histoire, le coup de téléphone de la maman de Nicolas.

François me dévisage et lâche : « Putain, tu déconnes ? »

À quatorze heures précises, François, Christophe, Alice, Marc et moi, on est assis en rang d'oignons dans le couloir de la gendarmerie de Saint-Martin, on a tous reçu un coup de fil, on a été convoqués, on a obéi, on n'en mène pas large.

Depuis le matin, on a eu le temps d'espérer que Nicolas allait réapparaître mais, pour l'instant, aucune trace de lui.

On se regarde à peine, non parce qu'on serait gênés ou honteux mais parce qu'on est émus, avant tout, et qu'on ne sait pas bien se débrouiller avec l'émotion. Et aussi parce qu'on n'a pas l'habitude des gendarmeries, des convocations, de cette gravité, cette solennité. Et sans doute parce qu'on sent que quelque chose s'est mis en branle, quelque chose qui nous dépasse déjà. On devine que des recherches ont été entreprises (à l'époque, pas de caméras de vidéosurveillance, pas de téléphones traçables, pas d'ordinateurs où débusquer des secrets, pas de cartes à puce servant de mouchards, les flics se débrouillent comme ils peuvent, leurs investigations sont des bouteilles lancées à la mer). On comprend que des premiers interrogatoires ont été conduits, des hypothèses échafaudées et qu'on est embarqués dans ce truc. On se contente de jeter des coups d'œil autour de nous, sur les posters de la Gendarmerie nationale, sur les chaises alignées contre le mur en face, sur le linoléum.

On ne se parle pas non plus, on pourrait être en train d'échanger nos impressions, de comparer nos souvenirs, même de se couper la parole parce que ça se bousculerait dans nos têtes et qu'on tiendrait à ne rien oublier, rien occulter, mais le silence domine, on est comme privés de langage.

Alors qu'on patiente depuis un bon moment, Alice pose sa tête au creux de l'épaule de François. Il ne faut pas conférer de sens particulier à son geste, sinon – et c'est déjà immense – qu'il exprime, à sa façon, un besoin de consolation. François ne bouge pas, ne profite pas de la situation pour enlacer Alice, il la laisse faire, c'est tout, il est irréprochable. Marc, quant à lui, pose brièvement sa main sur ma cuisse, je me tourne vers lui, je lui souris faiblement. C'est certainement ça, le seul langage qui nous reste.

Quelques instants plus tard, on est de nouveau installés en rang d'oignons, cette fois dans le bureau du capitaine. C'est un homme d'une soixantaine d'années, en uniforme, avec des cheveux gris, coupés ras. Et nous, alignés devant lui, je suis sûr qu'on ressemble à une bande de jeunes cons. Pire, à de jeunes cons penauds, lamentables. Il me semble qu'il incarne l'autorité et le sérieux quand on serait l'inconsistance et la désinvolture.

D'abord, sans perdre de temps, il résume la situation : « Vous le savez, nous avons un manquant. »

Je retiens ce mot. Il a une sonorité militaire : on croirait que quelqu'un manque à l'appel, qu'un soldat a déserté. Néanmoins, il me paraît moins violent que disparu, évaporé, volatilisé.

L'homme enchaîne en lisant une feuille posée devant lui : « Nicolas Tardieu, un mètre soixante-dix-neuf, cinquante-sept kilos, cheveux blonds, yeux verts. » Je songe que, pour le capitaine, il s'agit d'un récapitulatif normal, d'un résumé objectif ; pour nous, cette présentation est déroutante. D'abord, parce qu'on sait qui est Nicolas, pas besoin de nous le présenter, aussi parce qu'on découvre ses mensurations exactes et qu'on prend conscience que les gens, notamment *dans ce genre de circonstances*, peuvent être désignés par des caractéristiques génétiques.

C'est la mère, bien sûr, qui a fourni ces détails, on lui a posé des questions, les questions habituelles, référencées, et elle a apporté les réponses ; ces réponses-là, elle les connaît. Elle a sans doute également confié une photo de son fils, ou plusieurs. Les enquêteurs le lui ont forcément demandé. En possédait-elle de récentes ? Souvent, on photographie ses enfants dans leur plus jeune âge, dans l'enfance et puis, après, ça devient plus rare, eux-mêmes se soustraient à l'exercice, ils n'ont pas envie de poser, et surtout pas devant leur mère. A-t-elle dû voler des moments ? capturer Nicolas sans qu'il s'en rende compte ? et ce seraient ces photos volées qu'elle aurait remises. Ou bien elle a mis la main sur des Photomaton, ceux auxquels on s'astreint pour les cartes d'identité, pour les formalités administratives, pour le lycée.

Le capitaine poursuit : « Afin que le signalement soit complet, j'ai besoin de renseignements concernant sa tenue vestimentaire, sa mère n'a pas pu se montrer très précise. »

Au cas où il nous prendrait l'envie (déplacée) de la blâmer pour cette lacune, il s'empresse de préciser : « Elle n'avait pas de raison de faire particulièrement attention à la façon dont son fils était habillé. » Puis il ajoute cette remarque de bon sens, pas moins terrible : « Elle ne s'attendait pas à ne pas le revoir. »

C'est Alice qui répond, sans hésiter : « Il portait un jean déchiré aux genoux, des Converse blanches et un tee-shirt violet sans motif. » Le capitaine s'étonne ou exprime une vague admiration : « Vous semblez sûre de vous, mademoiselle. » Elle lui répond avec aplomb : « Je suis sûre. » Il doit penser que les filles s'attachent à ce genre de choses alors que les garçons, non. Il ignore que ce sont avant tout les amoureuses (ou les amoureux) qui développent ce sens de l'observation, ce souci du détail, cette concentration particulière.

Ensuite, le gendarme entre dans le vif du sujet : « Vous savez l'heure qu'il était quand vous l'avez vu pour la dernière fois ? » Après un échange entre nous, on finit par dire : « Une heure et quart du matin. » Il note scrupuleusement l'information sur sa feuille. Et effectue un rapide calcul mental : « Cela fait donc treize heures que nous avons perdu sa trace. » On a aussitôt froid dans le dos, on sait que les premières heures sont décisives, on a vu des films, des feuilletons à la télé qui martèlent cette affirmation, ça a fini par nous rentrer dans le crâne, même si, jusque-là, on ne s'est jamais sentis concernés, d'ailleurs jusque-là on a toujours cru que le cinéma c'était du cinéma.

L'officier poursuit son interrogatoire : « Vous diriez qu'il avait beaucoup bu ? Que les choses soient claires entre nous : je ne suis pas là pour vous juger ou pour faire la morale, s'il avait trop bu on ne fera de reproches à personne, je vous assure que ce n'est pas notre problème, notre problème c'est de le retrouver et pour ça, j'ai besoin de savoir dans quel état il se trouvait la dernière fois qu'il a été vu. » Je marmonne : « Il avait avalé deux bières, pas plus, je pense, ce n'est pas un gros buveur, Nicolas, il n'abuse pas, et il tient très bien l'alcool. » Les autres approuvent bruyamment le portrait que je dresse de lui. Le flic tempère notre optimisme : « Mais vous ne pouvez rien affirmer ? Personne n'est resté avec lui tout au long de la soirée ? » En chœur, on concède notre défaite. François ajoute : « Vous savez comment ça se passe, on n'est pas tout le temps collés les uns aux autres, chacun fait sa vie. » (et déjà, on devine que notre inattention a peut-être été coupable).

Puis l'enquêteur se fait plus précis : « Il vous a semblé aller bien ? Il n'a pas fait de malaise par exemple ? » On fait non de la tête.

François dit, à la manière de ceux qui ont une révélation : « Vous pensez qu'il a pu tomber, c'est ça ? Vous pensez qu'il a pu tomber des remparts ?... »

Le capitaine nous dévisage, paraissant se demander s'il peut nous faire confiance. À moins qu'il n'évalue si nous sommes suffisamment matures pour entendre ce qu'il a à nous confier, ou suffisamment proches du disparu pour recueillir ses conjectures. Il met fin de lui-même à ses tergiversations : « Il faut que vous compreniez que mon travail, c'est d'envisager toutes les hypothèses. Et celle de l'accident n'est évidemment pas à exclure. »

J'objecte, dans la précipitation : « S'il était tombé, vous l'auriez retrouvé. Vous l'auriez forcément retrouvé. » Il me répond avec calme : « C'est le plus plausible, en effet, mais ça prend du temps d'inspecter le bord de mer... » Je le coupe : « Vous inspectez le bord de mer ? » Il reprend, sans abdiquer son calme : « Nous avons commencé des sorties en bateau, oui, et certains de mes hommes effectuent des repérages visuels. Pour le moment, ils n'ont rien trouvé. » Je dis : « Donc, il n'est pas tombé. » Il me corrige : « Avec les marées et les courants à certains endroits, on ne peut pas être affirmatifs, on devra couvrir une zone plus large pour être tout à fait certains. »

À la fin, je ne retiens de son exposé qu'une formule : *avec les marées et les courants à certains endroits.* Elle m'est si insupportable, cette formule vague, que je ne peux pas la laisser sans réplique. Et opportunément, je me remémore les paroles de Nicolas le soir du 14 Juillet, quand on a pissé depuis les fortifications, que je l'ai vu vaciller et que j'ai cru qu'il allait glisser, il s'est marré et il m'a dit : « Je ne serais pas tombé, tu sais. » Et c'est ce que je crie au gendarme : « Il ne serait pas tombé, vous savez, il n'est pas *comme ça*, il ne tombe pas. »

À peine ai-je fini ma phrase que je comprends qu'elle est absurde, je comprends qu'elle ne repose sur aucun argument valable. D'ailleurs, le regard que me renvoie le capitaine en dit long sur ce que mon intervention lui inspire.

Il y a plus grave encore ; dans la foulée, je me rappelle que Nicolas a ajouté, ce soir-là : « Ce serait une belle mort. » Je m'oblige à croire qu'il plaisantait encore, qu'il faisait le malin. Et je me garde de répéter ces paroles sinistres afin de ne pas lancer mon contradicteur sur cette piste.

Néanmoins, dans ma tête, se forme malgré moi l'image distordue, hypnotique de Nicolas debout sur un parapet, un gobelet en plastique à la main, observant, goguenard, la foule qui danse, Alice qui s'éloigne, Marc qui m'entraîne vers les toilettes, ne se rendant pas compte qu'il est trop près du bord, que le vent s'est levé et perdant soudain l'équilibre. Il vaudrait mieux que je me concentre sur les questions du capitaine.

Justement, ce dernier reprend son interrogatoire : « Sinon, est-ce qu'il s'est passé quelque chose au cours de la soirée qui vous a paru anormal ? » On se consulte du regard et on ne trouve rien à signaler. Le fait qu'Alice ait poussé notre camarade dans ses retranchements ne me semble pas relever de ce que l'enquêteur recherche. Ça arrive tout le temps, les garçons et les filles qui ne se comprennent pas, qui ne se plaisent pas assez, ou pas au même moment, qui n'ont pas des envies compatibles et ça ne fabrique pas des drames. J'ai beau croire que Nicolas était un type complexe, sensible, je ne l'imagine pas ayant pu être ébranlé par cet épisode, en tout cas pas *suffisamment* ébranlé. J'observe néanmoins qu'Alice n'en mène pas large, on jurerait qu'une sorte de remords la ronge.

Le capitaine insiste : « Et les jours d'avant ? » On reste toujours aussi penauds, on offre pour toute réponse une moue ou un haussement d'épaules désolé. Il s'agace brusquement : « Il faut vous secouer là, on a lancé une procédure pour disparition inquiétante d'un mineur, donc si vous savez des choses, vous les dites et vous les dites maintenant, et si rien ne vous vient spontanément, vous faites un effort de mémoire, on n'a pas de temps à perdre ! »

On est tous tétanisés par son rappel à l'ordre. Néanmoins, on devine qu'il a raison et on admet qu'il connaît son métier. Mais voilà, on n'y a pas réfléchi. Pourquoi on y aurait réfléchi ? Et puis, c'est ça, avoir dix-huit ans, être dans l'instant, ne pas s'encombrer du passé, y compris le plus récent, et être dans l'insouciance, ne distinguer de gravité nulle part, ne pas prêter attention aux détails, considérer que les détails n'ont pas d'importance, ne pas savoir encore que ce sont eux qui en ont le plus, de l'importance.

Les autres regardent ailleurs, vers la fenêtre, essayant de happer un peu du monde extérieur, comme s'il allait venir à leur secours. Moi, je baisse la tête, pour constater qu'une de mes tennis a un lacet défait. J'ai la sensation que ce lacet défait résume toute notre misère, notre impuissance.

Et soudain, dans cet affaissement, cette torpeur, je bute sur un des termes qu'a employés le capitaine lorsqu'il nous engueulait : mineur. Je dis : « Il est mineur, Nicolas ? » Le gendarme laisse échapper sa consternation : « C'est la seule chose que vous avez retenue de ce que je viens de vous dire ?! Et, en plus, vous ne le saviez pas ? Vous le connaissez vraiment, votre "ami" ? » Il consulte ses feuilles nerveusement : « Nicolas Tardieu, né le 31 août 1967, il aura dix-huit ans dans un peu plus d'un mois, oui. »

Je me rends compte qu'on ne lui a jamais demandé sa date de naissance. Ni quand on a parlé du permis de conduire, ni quand on a organisé l'anniversaire de Christophe. Personne n'y a songé, ça ne nous est pas venu à l'idée. Le flic a raison : non, on ne le connaît pas, Nicolas, en tout cas, on ne le connaît pas *assez*.

François, comme s'il avait suivi ma pensée, et parce que la question l'a visiblement vexé, lance, bravache : « C'est notre pote, on n'a pas forcément besoin de connaître les gens par cœur pour qu'ils deviennent des potes. »

Le capitaine renoue avec son calme et sa rigueur : « OK, reprenons. Par exemple, est-ce qu'il vous a parlé de sa vie au lycée ? » François saisit la balle au bond : « À moi, ouais, de temps en temps. » Le gendarme lui fait signe de poursuivre. François ne comprend pas : « Vous voulez que je vous raconte quoi ? » L'autre se fait plus explicite : « Il a rencontré des problèmes ? » François ne saisit toujours pas. Je l'aide : « Je pense que monsieur veut savoir s'il a fait des conneries, s'il a chouré, s'il se droguait, c'est bien ça ? » François s'insurge aussitôt : « Non, c'était pas son genre et s'il avait fait des trucs pareils, il me l'aurait dit. » Le gendarme appuie là où ça fait mal : « Vous en êtes certain ? J'ai cru comprendre qu'il n'était pas du genre à se confier, votre Nicolas… » François baisse les yeux.

C'est alors qu'un souvenir me revient, en une illumination. Je crie, au point de faire sursauter la petite assemblée : « Il y avait un type hier, à la soirée, au Bastion ! Un type de son lycée justement, un connard, attention monsieur, je dis connard parce que c'est le mot qu'il a employé, je me permettrais pas sinon, et

Nicolas voulait absolument l'éviter. » Le capitaine, harponné, souhaite en apprendre davantage : « Vous savez à quoi il ressemblait, ce... "type" ? » Je dis : « Non, désolé, je l'ai pas vu, j'ai juste compris que Nicolas, ça l'avait mis dans un drôle d'état de l'apercevoir, vraiment un drôle d'état. » Le capitaine me houspille : « Il faudrait savoir, vous m'avez juré tout à l'heure qu'il ne s'était rien passé d'anormal. » Je me défends : « J'avais oublié et là, ça m'est revenu, voilà, ça m'a paru bizarre sur le moment et après ça m'est sorti de la tête, mais maintenant que vous nous interrogez sur le lycée... »

Je prends conscience que le capitaine, à sa manière, nous fait accoucher. Sous son impulsion, nous reconstituons un puzzle, nous en rassemblons les pièces. Et j'ai peur de ce que pourrait être, à la fin, l'image reconstituée.

Il referme ce chapitre : « Très bien, on va faire des recherches. On ne sait jamais... »

Puis il enchaîne : « Sa mère nous a affirmé qu'il n'avait jamais fugué. À vous il n'a jamais parlé d'un projet de cette nature, y compris sur le ton de la plaisanterie ? » On est surpris par sa question, même si je suis certain que chacun d'entre nous, à part soi, a envisagé cette hypothèse. En fait, on n'a pas envie que quelqu'un mette des termes trop précis sur nos angoisses secrètes. De nouveau, on répond unanimement par la négative.

Avant que Christophe ne dise : « Enfin si, un jour, il a dit un truc zarbi... c'était sûrement une connerie, un de ces trucs qu'on balance comme ça, dans la conversation... » Aussitôt, François et moi, on sait à quoi Christophe fait allusion. Le gendarme le fixe : « Dites toujours. » Christophe s'explique : « Je racontais que ça me saoulait, le boulot de pêcheur, et que

je pensais parfois à partir, mais que je ne pouvais pas, et il a dit : "On peut toujours, on peut toujours partir", une phrase dans le genre, vous voyez c'est pas grand-chose, ça correspond pas à ce que vous nous avez demandé… »
Le gendarme note la phrase de Nicolas sur la feuille posée devant lui. On écoute bêtement le crissement de la pointe du feutre sur le papier.

Je m'enhardis : « Et vous, vous avez trouvé quelque chose qui laisserait penser à une fugue ? J'imagine que vous êtes allé chez lui, que vous avez fouillé sa chambre, vous avez repéré des choses qui évoquent un départ ? Par exemple, il a emporté des affaires ? Quand on s'en va pour un bout de temps, on emporte des affaires, non ? »

Les autres me fixent avec un mélange de stupéfaction et d'admiration : ils découvrent, en même temps que moi, je l'avoue, que je suis capable d'avoir des réflexes de flic. Du reste, le capitaine me sourit : « On a fait tout ça, en effet, jeune homme, et on n'a rien trouvé. »

En réalité, je veux désespérément qu'il ne soit rien arrivé à Nicolas et je m'emploie à démontrer, presque automatiquement, qu'aucune hypothèse fâcheuse ne peut être retenue, que tout est normal, en somme.

(Sauf que l'absence prolongée de Nicolas n'a absolument rien de normal.)

Toutefois, le capitaine douche mon faible espoir : « Vous savez, quelquefois, une fugue, c'est d'abord une fuite, les gens fichent le camp parce qu'ils y sont obligés, parce qu'ils ne voient pas d'autre option, parce qu'ils se sentent menacés, et alors ils n'emportent rien avec eux, ils n'en ont pas le temps, pas l'occasion. Nicolas Tardieu a pu vous sembler menacé ? »

On franchit un cap dans la stupéfaction. Il nous faut désormais envisager que notre ami ait pu céder à la panique, parce qu'il aurait été victime d'intimidation, de chantage, ou qu'il se soit mis dans un mauvais pas et n'ait pas eu d'autre choix que de prendre la tangente. Finalement, la thèse de la fugue, maintenant, me plairait bien. Même un accident, ce serait acceptable ; beaucoup de gens réchappent d'un accident. Je me rends compte que cela n'a pris qu'une poignée de minutes pour que ce que je me refusais à imaginer devienne un moindre mal.

Et nous, dociles, sidérés, on se creuse les méninges. On se met à chercher si Nicolas a exprimé une peur, a évoqué un ennemi. En essayant de ne pas s'attarder sur le caractère déconcertant d'une telle démarche.

Rapidement me revient ce qu'il m'a appris au sujet de son père : la violence, l'éloignement. Et je revois le dessin raturé que j'ai repéré la veille dans sa chambre, alors que la maison était vide et silencieuse. Je n'ose pas désigner cet homme-là, parce que je ne le connais pas, et parce que les pères, y compris quand ce sont des salauds, nous tiennent toujours un peu en respect. Je surprends le regard impatient du capitaine. Alors je murmure : « Je crois qu'il avait des relations difficiles avec son père... » François s'insurge : « Qu'est-ce que tu racontes ? » Je maintiens mes propos : « Ben si, il m'en a parlé... » François me scrute comme s'il me découvrait, mais qu'est-ce qui le décontenance le plus : que j'aie été un confident ou que je sois une balance ?

Le capitaine calme le jeu : « Nous sommes au courant de cette situation, la mère nous en a informés. »

François dit : « Ouais, on n'a pas beaucoup avancé, quoi. »

Un rayon de soleil traverse les carreaux de la fenêtre et vient jeter sur le lino marron du bureau une lumière crue qui nous aveugle une fraction de seconde. On avait presque oublié le dehors, la vie qui continue.

Quand on en revient au capitaine, on remarque, pour la première fois, qu'il a l'air embarrassé et ce changement dans sa physionomie suffit à m'alarmer. Je me rends compte à quel point, dans ce bureau, dans ces circonstances, rien n'est plus neutre ou bénin, tout nous met en alerte.

Il se lance : « Il y a une question que je dois vous poser… Évidemment, vous devez comprendre que, dans une enquête de cette nature, on ne peut négliger aucune piste… Je veux toutefois que vous compreniez que ce n'est pas sur ça que nous travaillons en priorité… Bref… Est-ce que Nicolas a déjà évoqué avec vous… *la notion de suicide*… Encore une fois ce n'est pas notre hypothèse prioritaire… En fait, je compte sur vous pour l'éliminer, d'une certaine façon… »

(Je note la délicatesse de la formulation, l'idée que le suicide serait une notion, un concept, presque une abstraction.)

On ne va pas se mentir, cette possibilité nous a traversé l'esprit, on est ainsi faits qu'on ne peut pas complètement occulter le pire, pourtant on l'a chassée aussitôt, au moins par superstition, afin qu'elle ne se réalise pas, on s'en est voulu non pas de l'avoir envisagée mais formée en secret, et voilà qu'elle nous revient, rapportée par un tiers, par un sachant.

Le capitaine enchaîne : « Pas de tendance dépressive ? Pas d'expérience malheureuse connue ? Pas de penchants morbides affirmés ? Pas de scarifications visibles ? Pas de fascination exprimée pour des suicidés célèbres ? »

On est effarés par son énumération (à croire qu'elle sort d'un manuel, qu'elle a été élaborée par des spécialistes, et c'est sans doute le cas). On dit non à tout. Parce que c'est la vérité (telle que nous la cernons) ou parce que dire non, c'est aussi rejeter l'horrible spéculation, lui faire un sort ?

(Néanmoins, dans ma tête, je tâche de me rappeler le corps de Nicolas, pour y chercher des blessures, j'admets que le corps est une métaphore.)

Je me tourne vers Alice et j'aperçois des larmes au coin de ses yeux, qu'elle essuie nerveusement du revers de la main.

À ce moment précis, le téléphone sonne, nous apportant une diversion bienvenue. Le capitaine décroche. On ignore avec qui il est en conversation, les seuls mots qu'on retient sont « fouilles », « vérifications auprès des hôpitaux », « appel à témoins », « avis de recherche ».

Je me dis : ça y est, ce n'est plus anodin, plus du tout, quelque chose s'est décidément mis en marche, qui nous échappe, dans quoi on ne tiendra qu'un rôle très secondaire, subalterne, dans quoi on est réduits à attendre un dénouement, c'est entre les mains d'experts, l'avenir se joue dans des investigations, des recensements, des recoupements, des dispositifs, des mécanismes ; ça provoque une déglutition, un court vertige, le sang qui cogne aux tempes. Je balaye du regard le grand bureau sans charme, je vois les armoires métalliques, les stores en lamelles, les murs gris, la photo officielle du président de la République, et je nous vois nous, minuscules, dérisoires.

Quand il raccroche, le capitaine constate nos mines apeurées, on doit avoir l'air de gamins pris en faute, il devine que ses mots nous ont affolés. Il s'emploie donc à nous rassurer : « Vous ne devez pas vous inquiéter, hein, c'est la procédure normale, on a des règles dans la gendarmerie pour ce genre de situation, c'est une bonne chose, les règles. »

Il nous parle comme à des enfants. C'est qu'on doit *vraiment* ressembler à des enfants.

Il poursuit : « Nous escomptons encore un dénouement rapide et heureux. On a vu souvent des gens disparaître puis réapparaître. » Alice s'étonne : « Ah bon ? » Il maintient son affirmation : « Souvent ! Des gens qui voulaient faire leur intéressant, mesurer leur popularité, ou des gens comme tombés dans un trou noir, ou des gens tristes, un peu perdus. »

Moi, je ne crois pas que Nicolas cherche à faire son intéressant et il se moque de sa popularité. J'ignore ce que c'est, un trou noir, j'imagine qu'il s'agit d'un affranchissement momentané du réel, d'une séparation d'avec le monde, j'ignore comment ça se produit. En revanche, je ne néglige pas la piste de la tristesse.

Je suis presque certain qu'il en transporte, de la tristesse, Nicolas. Virginie elle-même, du haut de ses treize ans, lorsqu'elle prétendait qu'il était « tout cassé dedans », ne l'avait-elle pas repéré ?

Le capitaine nous scrute : « On a terminé. Rien à ajouter ? Vous ne voyez pas quelque chose qu'on aurait oublié et qui pourrait nous aider ? Non ? Bon, si ça vous revient, je vous laisse le numéro d'ici, vous nous appelez, vous n'hésitez pas, surtout. »

Il se lève et on l'imite, dans le désordre, avec un temps de retard. Les chaises crissent. Il nous raccompagne jusqu'à la porte : « Ah si, tout de même, une dernière question. Il n'a jamais mentionné l'existence d'un endroit où il aime se réfugier ? » On se concerte du regard et, une fois de plus, on n'a pas de réponse à lui fournir. On quitte les lieux, avec un sentiment d'inutilité.

On est rendus à la ville, à son mouvement, à ses bruits, à ses odeurs. Il nous faut un peu de temps pour nous réhabituer à ce qui nous est pourtant familier, les gens qui lézardent à la terrasse des restaurants après avoir terminé leurs moules-frites, ceux qui se promènent par les rues en jetant un coup d'œil aux devantures des magasins de vêtements ou de souvenirs, ceux qui dégustent une glace ou une gaufre en arpentant les quais, ceux qui partent à la plage, ou les nouveaux estivants qui débarquent parce qu'on est samedi. En fait, on est surpris que tout soit comme à l'ordinaire. Parce que, pour nous, *ce qui advient* n'a rien d'ordinaire. On reste les bras ballants, encombrés par nos corps.

C'est François qui nous tire de notre engourdissement : « Puisqu'on est là, on n'irait pas se prendre une glace à La Martinière ? »

Quelques minutes plus tard, on est installés autour d'une table ronde où trônent deux cafés liégeois, une pêche Melba, une dame blanche, une poire Belle-Hélène, avec des langues de chat ou des ombrelles multicolores en papier, plantées dans la boule de glace, au sommet de l'édifice. (Il y avait une salle, alors, un endroit où s'asseoir, où passer le temps. Aujourd'hui, il demeure seulement un comptoir sur la rue, face au port.)

Je me rappelle que ce glacier était, pour moi, la caverne d'Ali Baba, quand j'étais enfant. Christian m'y emmenait et j'avais le droit de choisir ce que je voulais. Je mettais un temps fou à trancher, hésitant entre plusieurs parfums, plusieurs goûts, faisant poireauter la serveuse qui devait pourtant s'occuper de beaucoup d'autres tables, de beaucoup d'autres enfants, me décidant finalement et vivant comme une torture de devoir attendre à mon tour qu'on m'apporte l'objet de mon désir. Je dévorais ma glace dès qu'on la déposait devant moi. D'ailleurs, je l'engloutissais à une telle allure que j'en avais instantanément mal à la tête, j'avais l'impression qu'un filament de froid parcourait mon cerveau jusqu'à l'orbite de mon œil, ça provoquait un élancement insupportable, qui disparaissait heureusement aussi vite qu'il était apparu. Christian avait beau me seriner de manger lentement, je ne l'écoutais jamais. Aujourd'hui, ce souvenir pourrait presque me soulever le cœur. La Martinière n'est plus le territoire de mon enfance choyée, c'est celui de notre prostration adolescente.

Le but poursuivi par François en nous amenant ici est, à l'évidence, de nous « changer les idées ». Raté. On ne pense qu'à ça, bien sûr. On ne pense qu'à lui. On ne se déleste ni de la sidération ni du tourment.

Et immanquablement, on ne tarde pas à revenir au petit jeu morbide des supputations. Pire : libérés de la présence tutélaire et paralysante du gendarme, on se lâche.

On redoute plus que tout l'accident stupide. Alice, la première, reprend l'hypothèse de la chute depuis les remparts : « Faut avouer que ça a pu arriver, surtout à une heure du mat avec un coup dans le nez, ou alors quelqu'un l'aura fait tomber sans s'en rendre compte, y avait quand même des mecs complètement bourrés dans cette boîte, ou sans se dénoncer, parce que le type s'est mis à penser aux conséquences de son geste. » Je proteste : « Et personne n'aurait rien vu ? » Alice ouvre une brèche : « Ça a pu se passer plus loin, vers le phare, à cette heure-là il ne devait plus y avoir grand monde. » (À l'évidence, elle y a réfléchi, et cette préoccupation trahit, à sa manière, l'élan qui l'a portée, elle, vers lui ainsi que la déconvenue qui s'est ensuivie ; il en reste quelque chose.) On songe : oui, d'accord, c'est possible. Marc intervient : « Tu ne te tues pas forcément, c'est pas si haut ! » Christophe le reprend : « Franchement, si tu tombes la tête la première sur les rochers... » On est révulsés par l'image qui s'impose alors à nous. Marc entretient son espoir : « Dans ce cas, on l'aurait retrouvé, moi j'y crois pas à cette histoire de courants. » Christophe le crucifie : « Quand la marée descend, les courants sont vachement puissants et ils vont vers le sud. »

Avec cette remarque, nos dernières résistances, tout à coup, cèdent.

Je dis : « Dans ce cas, faut y aller carrément et imaginer qu'on a pu le pousser volontairement. » François me reprend : « T'es malade ou quoi ? » Je persiste : « Ben, je sais pas, moi, il a aperçu un mec qu'il ne voulait pas voir, ils ont très bien pu se retrouver nez à nez et s'embrouiller. » François n'y croit toujours pas : « Tu peux t'embrouiller sans balancer l'autre à la flotte ! » Je lui rafraîchis la mémoire : « Tu veux qu'on parle du gars avec qui tu t'es engueulé l'année dernière au camping, je ne sais même plus pourquoi, mais t'étais parti au quart de tour et t'étais prêt à lui foutre la tête dans les chiottes. » Il hausse les épaules : « Je l'aurais jamais fait ! »

Chaque été, il y a du grabuge, des rixes entre des touristes et des locaux, presque toujours les protagonistes ont moins de vingt ans. Quand la nuit vient, l'alcool et la moiteur aidant, des digues lâchent.

Alice joue les juges de paix : « Moi, je penche pour la fugue. C'est largement crédible, la fugue, non ? » On approuve tous bruyamment. Elle ajoute : « Il est bizarre, quand même, Nico, on est d'accord ? » On approuve de nouveau (et moi, j'en déduis qu'elle a un penchant pour les mecs bizarres). Toutefois, je romps notre unanimisme : « On n'aurait rien vu venir ? Rien du tout ? » Alice a une explication : « Il est mystérieux, il se livre pas beaucoup, quand t'es comme ça tu peux cacher n'importe quoi à tes potes. » Je dis : « Ou bien, on n'a pas fait gaffe. »

Il ne fait aucun doute qu'on n'accorde pas assez d'attention aux autres, à leur détresse intime, dissimulée, aux signaux qu'ils nous envoient quelquefois, parce qu'on est d'abord préoccupés de nous-mêmes, de notre propre plaisir, ou de notre propre désarroi, et qu'on préfère l'inadvertance, ça n'exige pas d'efforts, ou qu'on répugne à « se prendre la tête », question d'âge, parce que c'est l'été et que l'été rien n'est grave. Mais à la fin, cette nonchalance a pu se transformer en une terrible négligence.

Plus tard surgiront, dans la solitude, les cruels « Et si... ? »

Et si, ce fameux samedi, nous avions décidé de passer la soirée chez Christophe, de profiter que ses parents soient allés rendre visite à une tante malade, sur le continent ? Si nous nous étions avachis sur le canapé du salon pour mater *Indiana Jones* ? On avait repéré la cassette deux jours plus tôt, on avait hésité à l'acheter. En plus, Christophe n'était pas peu fier du nouveau magnétoscope familial.

Et si, au cours de cette funeste nuit, je n'étais pas allé rouler des pelles à Marc, ne pensant qu'à l'instant et à ses joies illusoires, au lieu de perdre de vue Nicolas ?

Et si j'avais été plus soucieux de ses silences, de ses discrètes inquiétudes ? Et si j'avais compris que la nonchalance, quelquefois, sert seulement à masquer des tempêtes intérieures ?

Oui, il avait peut-être laissé des indices, même ténus, et nous étions passés à côté, j'étais passé à côté.

Christophe réfléchit à voix haute : « Ou alors, c'est comme le flic l'a dit, il s'est décidé sur le moment, il s'est passé un truc et il a foutu le camp. » François se montre dubitatif : « C'est quoi, le truc qui te fait prendre tes jambes à ton cou, hein ? » Christophe élude : « Qu'est-ce que j'en sais ? Il a peut-être fait une connerie et la connerie l'a rattrapé... » Je dis : « À une heure du matin, dans une boîte de nuit ? » Christophe s'énerve : « Oh, vous me saoulez ! »

Marc lance alors, comme si on était dans une enquête du *Club des cinq* : « Ou ça a un rapport avec son père... »

Les autres lui tombent dessus.

Je suis le seul à le défendre : « Nicolas m'a dit que son paternel avait menacé de rappliquer, et que c'était pas un mec commode, il n'est pas rentré dans les détails, mais il a parlé de violences. » Les autres baissent d'un ton. Alice murmure : « Et alors ? Il serait venu dans l'île ? Pour faire quoi ? » Marc invente une histoire : « Ils se sont peut-être vus juste avant la soirée, je vous rappelle qu'il nous a paru vachement ailleurs... » Alice insiste : « Et donc ? » Marc continue à échafauder : « Si l'autre a menacé de venir le chercher, pour faire chier sa mère ou pour une autre raison, Nicolas a pu vouloir se tirer... »

François tranche : « On n'est pas dans un film, vous déconnez à pleins tubes ! »

Je dis : « Oui, on déconne sûrement... Le problème, c'est que tout est plausible. »

L'hypothèse que personne n'ose reprendre, c'est celle de la mort volontaire. On ne se tue pas quand on a dix-sept ans. Hein ?

Vingt et une heures que Nicolas a disparu, le soir est tombé, François et moi, on est rentrés à la maison.

Après le dîner, on reste dans la cuisine, de part et d'autre de la table. François a sorti du frigo une canette de Coca mais n'y touche pas. Moi, je fais rouler une boulette de mie de pain du bout de mon index, sur la toile cirée jusqu'à ce qu'elle noircisse. On ne se dit rien, on ne se regarde presque pas.

On est au courant qu'un avis de recherche a été lancé, sans résultat pour le moment, que les hôpitaux de la région ont tous été appelés, en vain, que les pompiers pourraient recourir à un chien pisteur.

Nos parents, eux, sont allés s'asseoir au salon, on entend leur conversation bien qu'ils chuchotent, ils parlent de la disparition, comment faire autrement ? Tout à l'heure, pendant le dîner, ils ont témoigné leur effroi et leur compassion, ils ont dit des trucs comme : « C'est affreux, tout de même », ils s'en sont tenus aux sentiments nobles, et à la surface des choses. Désormais, ils ouvrent les vannes.

Christian y va le premier : « Si ça se trouve, le môme, il est allé se fourrer dans des trucs pas clairs. » Mon père cherche à comprendre : « À quoi tu penses ? » Christian répond sans détour : « La drogue. Peut-être qu'il en prenait en cachette, peut-être qu'il en vendait, peut-être qu'il avait des mauvaises fréquentations, on sait tous qu'il y a des mafieux derrière cette merde. » Mon père est dubitatif : « Ça se remarque, un ado qui se drogue ou qui deale, sa mère s'en serait rendu compte, non ? » Christian le rembarre : « Tu rigoles ? Nos gamins, ils sont champions pour faire leurs coups en douce et nous raconter des craques. » Anne-Marie renchérit : « Regarde François, il s'est mis à fumer, il nous a rien dit, évidemment, je m'en suis aperçue par hasard, un jour que je passais dans le bourg en voiture, il fumait devant le manège, il ne m'a pas vue. »

François sourit, d'un pauvre sourire, d'un sourire épuisé. Le cœur n'y est pas. Il murmure : « Je l'ai vue passer en voiture, qu'est-ce qu'elle croit ? » Moi, je songe à ce que j'ai caché longtemps, à ce que j'ai fini par confesser quand je n'en pouvais plus de mentir ; on peut parfaitement tromper son monde.

C'est si vrai que je ne serais pas fichu de dire si Nicolas se droguait. J'ai l'impression que non, mais je ne peux rien affirmer et cela me trouble infiniment. Au fond, je ressemble à nos parents en train d'avouer qu'ils n'ont pas de certitudes au sujet de leurs enfants : moi aussi, il me faut concéder une vertigineuse déficience.

Christian ne s'arrête pas là, échafaude déjà un autre scénario : « Ou alors, il s'est fait embarquer par un pervers, y a des tarés partout, surtout l'été, des types louches qui rappliquent, qui rôdent, on sait jamais bien qui ils sont. » Mon père doute : « Tu crois ? » Christian est catégorique : « Bien sûr ! Et puis tu vois bien ce qu'ils montrent à la télé, les pédophiles, les violeurs, pourquoi on serait épargnés, pourquoi ça n'arriverait pas chez nous ? »

On se dit qu'il n'y a que les parents, que les adultes pour imaginer des choses aussi horribles. Nous, jamais ça ne nous viendrait à l'esprit. On ne sait pas grand-chose de la noirceur de l'âme humaine, on n'écoute pas les infos, ou pas beaucoup. Et on fait confiance aux gens, on leur fait crédit, on ne les range pas du côté du mal, on n'est pas naïfs pourtant, c'est juste qu'il est plus simple, plus reposant de penser que les autres ne sont pas tordus, monstrueux. Plus tard, nous déchanterons.

Puis Christian se fait carrément imaginatif, et angoissant : « Ou il s'est fait retourner la tête par des gens bizarres, comment on les appelle déjà, ah oui des gourous, il paraît que ça pullule, les sectes, maintenant. » Mon père, toujours cartésien, le ramène à la raison : « Là, Christian, tu délires. » L'autre se défend : « Tu vas me dire que tu n'as jamais entendu parler de ces mecs complètement barrés qui promettent le retour à la nature, ou je sais quoi, et qui embarquent des jobards au fin fond des bois et on ne les retrouve jamais ? » Je devine que mon père accuse le coup : « Il y aurait eu des signes avant-coureurs, non ? » Christian ne lâche rien : « Après tout, on le connaît pas bien, ce môme. Avec sa mère, ils sont arrivés dans l'île seulement l'hiver dernier, ils viennent de Tours ou de Poitiers, il y a eu des histoires là-bas, à ce que j'ai compris, des drôles d'histoires. »

Cette dernière salve me laisse songeur. De fait, je songe aux risettes qu'on adresse aux gens quand ils se présentent devant nous et au fiel qu'on déverse sur eux dès qu'ils ont le dos tourné. Aux mauvaises réputations qui nous permettent de croire qu'on appartient au bon camp. Face à des événements dramatiques, on se montre parfois sous un mauvais jour. Pour la première fois de ma vie, j'en veux à Christian.

C'est ma mère qui vient au secours des Tardieu : « Moi j'ai une pensée pour la maman, qui est toute seule chez elle ce soir, et qui espère un signe de vie. Si ça se trouve, elle s'est installée dans la chambre de son fils, pour attendre son retour, elle se demande ce qui se passe, et ça doit la rendre folle. Ou alors elle appelle des gens, de la famille, des amis, pour savoir si quelqu'un l'a vu ou a reçu de ses nouvelles. Et j'imagine qu'elle ne va pas dormir de la nuit. Et peut-être pas non plus les nuits suivantes. »

Le silence se fait dans le salon. On suppose que les mines sont contrites.

Et on touche du doigt la frayeur immémoriale des parents, leur terreur de perdre un enfant.

Virginie surgit alors dans la cuisine, venue d'on ne sait où. Elle a appris pour Nicolas. Elle se plante devant nous et dit : « J'y ai réfléchi, et s'il était devenu amnésique ? Rigolez pas ! C'est des choses qui arrivent, j'ai vu un jour un film sur La Une, un film américain, un type était tombé sur la tête et avait perdu la mémoire, du coup il ne savait plus son nom, ni où il habitait, résultat il pouvait pas rentrer chez lui et il pouvait prévenir personne. » Je tempère gentiment son imagination : « Oui, pourquoi pas, sauf que la vie c'est pas exactement comme dans les films américains. » Elle hausse les épaules, vexée.

Sans un regard pour sa sœur, François lance : « Je suis crevé, on va se pieuter ? »

Dans la foulée, il se lève et je le suis. Quelques instants plus tard, on est étendus sur nos lits, dans l'obscurité. On ne se parle pas. J'entends sa respiration, il ne parvient pas à trouver le sommeil et, de son côté, il a forcément compris que je ne dors pas non plus.

Je cherche à comprendre pourquoi cette disparition m'affecte autant. Elle est très inquiétante, bien entendu, mais elle concerne un garçon que j'ai rencontré pour la première fois il y a dix jours, je devrais être capable de prendre de la distance. Je devrais être préoccupé, pas nécessairement bouleversé. Malheureusement, ça ne marche pas de cette façon.

On jurerait une fois encore que François a tout perçu de mes méditations puisqu'il dit : « C'est vrai qu'on le connaît pas tant que ça, mais on était là quand il s'est volatilisé. On était là, putain ! »

Le dimanche, une battue est organisée, ou plutôt improvisée dans la précipitation, par les gendarmes, eux-mêmes assistés par les pompiers, signe que la disparition est prise très au sérieux et que l'espoir est mince.

Y participent tous les volontaires souhaitant apporter leur contribution. Nous sommes à peine une quarantaine. Cette mère isolée était trop récemment installée, trop peu connue pour inspirer une compassion véritable. Et c'est l'été. L'été, les gens ont autre chose à faire.

Les forces de l'ordre constituent d'autorité des groupes et les envoient dans plusieurs directions. Une zone prioritaire a été définie, selon des critères qui ne nous ont pas été communiqués : il s'agit de la quadriller. On nous lance à la recherche d'indices, « morceaux de tissu, effets personnels, traces de pas », mais chacun a bien compris que le but est de tomber au mieux sur un garçon inanimé, au pire sur son cadavre.

Nous voici à arpenter des chemins ombragés, des sous-bois jonchés d'aiguilles de pin, des champs où pousse du chiendent, les yeux rivés sur la terre aride, sablonneuse, à pousser la porte de bâtisses abandonnées, à sonder des fossés, à enjamber des talus, à écarter des herbes hautes, à regarder autrement des paysages familiers, à deviner qu'ils pourraient, pour la première fois, nous briser le cœur.

Je progresse maladroitement en priant de ne pas entendre un quidam hurler dans le lointain qu'il a « repéré quelque chose ». De ne pas découvrir moi-même le corps sans vie de Nicolas. Mon sang ne fait qu'un tour quand j'aperçois une forme à quelques pas de moi, qui se révèle n'être qu'un monticule. Je jette parfois des coups d'œil en direction de François : il me semble à la fois appliqué et résigné.

Je me dis : toute cette scène est irréelle, ahurissante, nous ne pouvons pas être en train de vivre un truc pareil. Quand je m'efforce de m'en détacher et de contempler ce moment comme si je n'en faisais pas partie, la folie de la situation me saute encore plus aux yeux. Nous ne devrions pas être là, nous ne sommes pas préparés à ce genre de chose, nous ne sommes pas taillés pour ce genre de chose, ça nous dépasse, ça nous effare. Et pourtant, nous sommes bien là, nous avançons, concentrés, méticuleux, obéissant à des directives à la fois précises et insensées. La seule certitude, c'est que nous nous en souviendrons, c'est inoubliable. Inoubliable. Et, à l'évidence, nous n'en sortirons pas indemnes. Nous sommes en train de perdre notre candeur, notre insouciance, notre pureté. Notre innocence. Oui, voilà, c'est ça, exactement ça : c'est la fin de notre innocence.

À quinze heures, les recherches sont officiellement interrompues. « On ne trouvera rien », tranche un type en uniforme. Je ne sais pas si cet échec m'accable ou me rassure. Je sais simplement que l'absence de Nicolas est devenue plus concrète encore. Elle était un évanouissement. Elle est désormais un effacement.

Et le manque vient de surgir, de nous mordre. Être privé de lui, le garçon blond et énigmatique, le compagnon attachant, nous semble subitement, et pour la première fois, insupportable.

En revenant place des Tilleuls, on croise trois types qui sortent de L'Escale, ou plutôt qui en jaillissent, très excités, et visiblement un peu avinés. Ils hurlent en agitant les bras que Bernard Hinault vient de remporter son cinquième Tour de France.

François éructe : « Franchement, on s'en cogne. »

Incroyable : Nicolas marche vers moi, en souriant, en faisant un geste de la main qui ressemble à un appel, à une invitation, en se moquant de moi, en prononçant des mots que je n'entends pas.

Et l'image se répète : il avance, fait un signe, passe ses doigts dans ses cheveux pour les rabattre, parle sans que je parvienne à le comprendre, je n'arrive pas à le rejoindre. Et de nouveau, ça reprend au début, comme si une bande avait été rembobinée et repassait, une bande sans le son. Et l'image devient obsédante, à se répéter ainsi, à tourner en boucle.

Et soudain, je me réveille.

Il n'y a que dans mon rêve que Nicolas met un pas devant l'autre et arbore ce sourire ineffable.

Je suis seul dans la chambre, pas un bruit alentour. Quand je me lève, je me sens engourdi, une douche me fera le plus grand bien. Je reste longtemps sous le jet d'eau chaude, je ne pense à rien, je me concentre sur ma peau hâlée et luisante.

Puis j'avale un café, debout dans la cuisine. Par la fenêtre, j'aperçois mes parents, installés autour de la table de jardin, mon père lit son journal, ma mère est penchée sur une grille de mots croisés, je devrais être rassuré de constater que tout continue, que tout peut continuer, mais j'en suis plutôt consterné. En réalité, je leur reproche leur indifférence alors, pourtant, que personne n'attend d'eux qu'ils se comportent autrement. Je chasse cet agacement idiot. Soudain, ils relèvent la tête de concert : Marc se tient devant la grille d'entrée. Sa présence me surprend, je devine qu'il leur demande si je suis là, je viens à sa rencontre.

J'embrasse mes parents avant de lancer à Marc : « Suis-moi, on sera mieux à l'intérieur. » Ma mère jette un rapide coup d'œil dans notre direction, s'interrogeant visiblement sur ce garçon athlétique qui s'intéresse à son fils. (Avec le recul, je sais qu'elle ne s'interrogeait pas, elle avait compris.)

Quand on est dans le salon, il expose d'emblée la raison de sa visite : « On s'en va cet après-midi, on rend les clés de la maison. » Je le dévisage avec étonnement : « Tu n'avais pas dit que vous ne deviez partir que samedi prochain ? » Il s'explique : « Alice n'a plus envie de rester ici, elle ne se voyait pas retourner à la plage ou au café comme si de rien n'était, elle a supplié mes vieux, ils ont accepté, du coup, à la place, on va chez des amis à Deauville. » (Bien sûr, ils ont « des amis à Deauville ». Bien sûr, ils peuvent changer leurs plans en un claquement de doigts.)

Il ajoute : « C'est dingue, je crois qu'elle a perdu tout espoir que Nicolas réapparaisse. En fait, j'en suis sûr. Ce matin, on prenait notre petit déj et elle a dit : "On ne le reverra pas." Je lui ai répondu que c'était débile, qu'elle n'en savait rien, que ça faisait seulement deux jours, elle n'a rien voulu entendre, elle a parlé d'intuition, c'est ça, elle a dit qu'elle avait l'intuition qu'il ne reviendrait pas. Elle a même ajouté un truc flippant, je ne sais pas si je dois t'en parler, elle a dit : "Si ça se trouve, c'est François qui l'a poussé. Par jalousie." Je lui ai répondu qu'elle débloquait complètement. Du coup, elle s'est excusée en expliquant que ça la rendait folle, de ne pas savoir ce qui s'est passé. »

Je demeure sans voix. Ce qu'Alice a osé spéculer au sujet de François, même subrepticement, même s'il faut sans doute le mettre sur le compte de l'égarement provoqué par la sidération et la peine, me la rend soudain odieuse. Marc s'en aperçoit. Il place aussitôt sa main devant ma bouche pour m'empêcher de prononcer des paroles irréparables. Je détourne lentement le visage pour me libérer de son emprise. Baissant les yeux, je me contente de murmurer : « Ça ne se fait pas de décamper aussi vite, on doit aux disparus de les attendre, de les attendre au moins un peu. » Et puis, dans ma tête, je me répète la prémonition : « On ne le reverra pas. »

Je préfère changer de sujet : « Toi, tu pourrais rester… Tu les rejoindrais plus tard… » Il me sourit faiblement : « C'est pas l'envie qui m'en manque… » On se rapproche, il prend mon visage entre ses mains, on s'embrasse, il y a de la tendresse dans ce baiser, ça ne fait aucun doute, et j'en suis le premier décontenancé parce que, depuis Thomas, j'ai décidé de ne pas m'attacher au premier venu, et de ne pas confondre l'appétit sexuel et les sentiments, mais je ne peux pas la nier, cette foutue tendresse, elle est éclatante.

Et puis, je comprends que le baiser est un baiser d'adieu. Je comprends que nous ne nous reverrons pas,

Marc et moi, même si nous cédions à l'idiotie de nous promettre le contraire. Je comprends que quelque chose s'achève, ce n'était presque rien pourtant, une amourette de quelques jours, un béguin estival, ridicule et charmant, mais la vérité, c'est que j'ai – déjà – du mal avec ce qui finit.

Je voudrais le garder encore un peu, le tennisman, l'entraîner dans la chambre et le déshabiller, ou carrément le sucer, là, tout de suite, dans le salon, je voudrais que la sensualité, l'animalité prennent le dessus, mais je laisse ce baiser se terminer sans rien tenter.

L'après-midi, vautré sur le canapé, je tâche de m'occuper l'esprit en bavardant avec Virginie. Elle a si bien perçu mon pauvre calcul qu'elle n'évoque pas la disparition. À la place, elle discourt longuement sur Eros Ramazzotti, me jurant, la main sur le cœur, que ce n'est pas trahir Modern Talking que de l'aimer « lui aussi », puis, sans crier gare, digresse sur Le Bébête Show, que je lui avoue ne pas regarder : « T'as bien raison, m'assure-t-elle, c'est de plus en plus nul. » Consciente de mon inattention, elle se rapproche de moi, pour me murmurer : « C'est normal que tu sois triste. Mais ça sert à rien, la tristesse, si ? » Je la dévisage, déconcerté, hésitant entre un sourire et des sanglots. C'est alors qu'elle ajoute, calmement : « Surtout qu'on avait deviné que ça finirait comme ça... » Stupéfait, et même abasourdi, je m'apprête à lui demander des éclaircissements quand François apparaît dans l'embrasure et propose, sur un ton qui n'appelle aucune discussion, qu'on file aux Grenettes. Je dois donc, à regret, abandonner Virginie à son intrigante clairvoyance pour suivre son frère, car j'ai compris que lui aussi cherche une diversion, une échappatoire et désire renouer avec notre nonchalance d'avant.

C'est là, pourtant, que nous nous sommes rendus avec Nicolas le tout premier jour, quand je suis arrivé dans l'île, là que j'ai commencé à faire sa connaissance ; je me garde de rappeler ce souvenir à François, il a peut-être oublié. Quand on s'assoit sur la plage, dos contre la ganivelle, je me rends compte, à sa mâchoire serrée, que tout lui revient. Cependant, il se tient dans le silence.

On observe les gens sur la plage, les corps agglutinés, les serviettes alignées, les parasols enfoncés dans le sable, les bambins surveillés par leurs parents, les filles qui hochent la tête, un walkman sur les oreilles, les garçons qui luttent contre les vagues, la mer qui miroite, les bateaux qui mouillent au large et, sans prévenir, François murmure : « Je regrette ce que j'ai dit sur lui, maigre comme un clou, muet comme une carpe, torturé et tout le reste, je me sens con. » Je dis : « C'est de la culpabilité mal placée. » Il s'énerve : « Viens, on dégage. »

Alors qu'on regagne La Noue, le soleil dans les yeux, il maugrée : « T'as vu que presque plus personne n'en parle ? En fait, tout le monde s'en fout. » (À l'époque, pas de chaînes d'information en continu ni de réseaux sociaux jouant les caisses de résonance, surfant sur les faits divers, faisant commerce d'émotion, fabriquant des fantasmes, entretenant la psychose.) Il faut admettre que la disparition incompréhensible d'un adolescent n'a provoqué qu'un émoi fugace, une brève épouvante, qui paraît avoir été chassée comme on époussette la manche d'un vêtement. Ce n'est déjà plus un sujet.

François propose de passer voir la mère de Nicolas. Je ne parviens pas à réprimer une certaine stupéfaction : « Pour lui dire quoi ? » Il concède sa propre incompréhension : « Je sais pas. » On s'engage néanmoins dans la rue des Chênes, on s'approche de la maison et soudain, François s'immobilise. Il fixe la façade sans plus bouger puis se tourne vers moi : « T'as raison, on va lui dire quoi ? »

On rebrousse chemin aussitôt. Il n'y a personne dans la rue à cette heure-là. Notre solitude est énorme.

Le lendemain, n'y tenant plus, je prends l'initiative d'appeler le capitaine de gendarmerie. Je poireaute un long moment au bout du fil. L'homme est probablement occupé, ou il n'a que faire d'un ado inquiet. Pourtant, à ma grande surprise (a-t-il pitié de moi ?), il finit par consentir à me répondre, tout en prenant soin de préciser d'emblée qu'il est pressé et qu'il réserve ses explications à la famille, ce que j'admets sans difficulté. Pour éviter d'être éconduit trop rapidement, je choisis de l'interroger sur l'information que je lui ai moi-même délivrée : la présence au Bastion du garçon que Nicolas souhaitait éviter. La réponse fuse : « On en a parlé à sa mère et elle a fait le rapprochement, c'est effectivement un élève de son lycée, Patrice Augier, on a appris qu'ils avaient des relations... conflictuelles, en fait ce Patrice Augier s'est livré toute l'année à une sorte de... harcèlement à l'encontre de Nicolas, il s'est régulièrement moqué de son apparence, il le trouvait... "efféminé" si j'ai bien compris, il s'est moqué de son goût pour le dessin aussi, un jour il est allé jusqu'à s'emparer de son carton à dessin et en a jeté tout le contenu dans la cour de récréation, et Nicolas ayant peu d'amis, personne ne l'a secouru, je crois comprendre qu'il était très isolé, comme ce n'est pas une force de la nature il ne s'est jamais défendu non plus, et quand on ne se défend pas, vous savez, les agresseurs recommencent et recommencent encore, de surcroît, c'est un lycée un peu difficile, l'atmosphère y est assez dégradée, on a laissé prospérer quelques caïds, dont ce Patrice Augier, qui en plus, évidemment, a raté son bac, va donc redoubler, ce qui signifie que les retrouvailles entre Nicolas et lui étaient programmées pour septembre. »

À l'autre bout du téléphone, je suis abasourdi, assommé. D'abord, je visualise les scènes, je vois les coups d'épaule dans les couloirs, les bousculades délibérées, les provocations, les intimidations, les dessins volant dans la cour. J'entends les insultes, les propos grossiers, la bêtise vulgaire. Je mesure l'effet de la répétition. Je connais tout cela, je connais par cœur. Je sais qu'on peut décider de se refermer sur soi, que la claustration peut sembler le seul moyen de supporter les sévices.

Et puis, je découvre un autre Nicolas. Ou plutôt je comprends que chacune des qualités que je lui prête a son revers : sa sauvagerie est une frayeur, ou le souvenir d'une frayeur, son silence est une difficulté à parler, sa douceur est une fragilité, sa solitude est une exclusion, sa beauté féminine est un fardeau, ses dessins sont un hurlement ou une plainte qu'on n'a pas entendus.

De nouveau, je songe à ce que parfois les gens nous disent entre les mots et qu'on ne relève pas, à ce qu'ils nous montrent d'eux et qu'on ne regarde pas, parce qu'on est affairé ailleurs ou simplement distrait, parce que la vie d'autrui au fond ne nous intéresse pas tant que ça, ou parce qu'on ne sait pas que celui qui, de loin, semble nager peut en réalité être en train de se noyer. Je songe à nos indifférences, nos désinvoltures qui, la plupart du temps, sont sans conséquence et qui quelquefois s'avèrent coupables. Je songe à ceux que nous laissons partir sans comprendre qu'ils nous suppliaient en silence de les retenir.

Le capitaine poursuit son exposé sans rien deviner, sans doute, de mes états d'âme : « On a interrogé ce Patrice Augier, il est tombé des nues, littéralement, il prétend qu'il n'a même pas aperçu Nicolas et... il avait l'air sincère... je ne devrais pas énoncer les choses de cette manière : en fait, sa sottise l'innocente... Par ailleurs, ses amis assurent qu'ils ne l'ont pas quitté d'une semelle et qu'eux non plus n'ont pas vu Nicolas, il y avait près de cinq cents personnes dans la discothèque, c'est plausible. » Je ne sais pas quoi penser. Je voudrais que ce Patrice ait des raisons d'être inquiété, mais je n'ai pas envie qu'il se soit rendu coupable de quoi que ce soit. J'aimerais bien une réponse, mais pas celle-ci. Le plus simple est encore de faire confiance au gendarme.

Je dis : « Alors il s'est passé quoi, cette nuit-là ? Nicolas a quitté les lieux et, quelque part, il a fait une mauvaise chute, c'est ça ? » Le capitaine se racle la gorge, laisse s'écouler quelques secondes, il hésite et finalement me répond : « La battue n'a pas fourni d'informations à ce sujet, comme vous le savez. En ce qui nous concerne, on a élargi le territoire des recherches, on est allés fouiller les bois alentour, on a dragué les marais salants, on a inspecté les églises, les maisons abandonnées, les anciens bunkers, ça n'a rien donné. »

Je m'entends murmurer : « Une mauvaise rencontre, alors ? » Au téléphone, un silence, de nouveau, plus long cette fois. Et puis : « C'est paisible, par ici. » L'argument me paraît si faible qu'il donne aussitôt du crédit à mon hypothèse. J'en suis si décontenancé que je préfère m'engager, de mon propre chef, sur un autre terrain :

« Et son père ? Vous l'avez interrogé ? Vous êtes allés chez lui ?

— Je ne suis pas supposé vous fournir ce genre de renseignement.

— Allez... S'il vous plaît...

— Rien de ce côté-là non plus, on a vérifié.

— Et votre appel à témoins, ça donne quoi ?

— Des gens se sont manifestés, oui, ça ne nous a conduits sur aucune piste sérieuse, ils croient avoir vu quelque chose, en réalité ils ont vu autre chose, ou quelqu'un d'autre, ou ils prennent pour des indices des trucs qui n'en sont pas, on a même eu droit à une voyante qui tenait à nous aider en tirant ses cartes. »

Je soupire. En retour, il s'emploie à me réconforter, à me consoler : « Bien sûr, des indices peuvent nous échapper, les gens peuvent nous mentir, mais moi je continue à penser qu'il a fugué, votre camarade. »

Je pose enfin la question qui me taraude : « Vous envisagez sérieusement le suicide ? » À l'autre bout du fil, aucune réplique, pas même une dérobade, et ce silence a presque, pour moi, valeur d'aveu. Je reprends : « Il était fragile, Nicolas, on le sait maintenant... La violence de son père... le divorce de ses parents... le harcèlement à l'école. » Le capitaine se fait tranchant dans le but évident de ne pas me laisser poursuivre sur ce terrain : « On ne se tue pas pour ça. » Je répète sa phrase dans ma tête, lentement. Et puis, je dis, à voix basse : « Vous savez pourquoi les gens se tuent, vous ? »

Quand je raccroche, je pense : nous étions six – cinq garçons et une fille –, insouciants, frivoles, joyeux, dans un été de tous les possibles. Pourquoi a-t-il fallu que l'un d'entre nous disparaisse ?

Les jours ont passé.

J'ai continué à me lever tard, à sentir le carrelage frais de la cuisine sous mes pieds nus au moment du petit déjeuner, à aider Virginie à enterrer des batraciens morts dans le jardin, à emprunter les allées bordées de roses trémières pour me rendre au marché, à embrasser Christian au pied de son camion, à sentir alors son haleine chargée de mauvais vin, à rejoindre mes parents à L'Escale, à regarder mon père lire son journal en me demandant si un jour je ferai comme lui. J'ai continué à aller à la plage l'après-midi aux heures où le soleil est le plus violent, parfois pour m'allonger sur une serviette ou plonger dans les vagues, parfois simplement pour contempler les gens derrière mes lunettes de soleil. J'ai continué à donner occasionnellement un coup de main à Anne-Marie à la baraque à frites et à jouer au flipper au Platin – je pouvais y jouer pendant des heures sans m'arrêter. J'ai continué à boire des bières et à me coucher tard, dans mon lit improvisé juste à côté de celui de François. Mais, bien sûr, *ce n'était plus comme avant.*

Je pensais à Nicolas. À un moment, j'ai même cru le reconnaître au détour d'une rue. C'était sa silhouette, c'était son allure. Je lui ai couru après, et ce n'était pas lui, évidemment. Ce n'était qu'un mirage, un effet de mon imagination, de mon espérance.

(J'ignorais que cela m'arriverait encore au cours des années qui allaient suivre, j'apprendrais qu'on ne renonce jamais complètement à une espérance, j'apprendrais que nos ressouvenances nous font former des fantômes, écrire des livres.)

Et puis est arrivé le moment où on a cessé de croire à la fugue. Il y aurait eu de la part de Nicolas trop de cruauté à se terrer ainsi dans le silence, à admettre de provoquer un tel supplice sans chercher à y mettre un terme d'une manière ou d'une autre. Et puis la fugue, c'est un éloignement, une prise de distance, pas un enfouissement, pas un ensevelissement. Un message indirect qu'on envoie à une personne ou à plusieurs, pas un mutisme forcené. Ça se décide souvent sur un coup de tête. Quand la folie passagère retombe, on prend la mesure de son acte. Et surtout, on est rapidement ramené au réel, il faut manger, boire, trouver un toit pour dormir. Enfin, un fugueur finit presque toujours par être repéré, il n'est pas un esprit, un invisible, il laisse des traces, il baisse la garde, il commet des erreurs.

Est arrivé le moment où on n'a plus eu le choix qu'entre des hypothèses cruelles.

Celui où, presque malgré nous, malgré nos rebuffades, on s'est mis imperceptiblement à parler de lui au passé.

On a compris aussi qu'on n'avait personne avec qui partager cette histoire, en dehors de nous trois, ceux qui se trouvaient encore dans l'île cet été-là.

Un peu après le 15 août, j'ai repris le bac avec mes parents, nous rentrions chez nous, les congés de ma mère touchaient à leur fin, mon père allait retrouver sa salle de classe, et moi partir m'installer à Rouen, l'automne serait bientôt là.

(Alors que j'écris cela, une image me revient : un peu avant qu'on n'accoste, mon père est monté me chercher sur la passerelle pour me demander, vaguement agacé, de regagner la voiture, garée dans le ventre du bateau. J'ai répondu : « J'arrive », sans même tourner la tête. Au lieu de rebrousser chemin, il s'est alors approché maladroitement et a juste dit : « Tu vas prendre froid avec ce vent. » Je crois qu'il avait perçu mon désarroi. C'était sa façon de me témoigner de la tendresse.)

Un jour, quelques semaines plus tard, j'ai fini par me dire : après tout, les gens ont bien *le droit de disparaître*. Le droit de se volatiliser, de se dérober aux autres, de leur échapper, sans donner de préavis, sans leur fournir d'explication, comme par magie. Les disparus avaient leurs raisons, qui demeureraient indéchiffrables à autrui, mais qui devaient être respectées, tenues pour incontestables. Pouvoir disparaître constituait une liberté fondamentale, en somme.

Revenant à nous, je me suis dit aussi : qui sait si nous ne devons pas traverser ce genre d'épreuve pour grandir, pour devenir des adultes ? Car à l'évidence, nous sortions différents de ce grand malheur inattendu, transformés par cette énigme insoluble, rien ne serait plus pareil, nous avions perdu notre belle ingénuité. Désormais les choses seraient sérieuses.

Je me suis dit enfin : il faut parfois que quelqu'un disparaisse pour qu'on apprenne la valeur de la vie, pour comprendre à quel point elle est fragile et précieuse, la vie. En partant, Nicolas nous avait peut-être donné une leçon. Une leçon cruelle et magnifique.

Épilogue

Christophe a abandonné le métier de pêcheur, le jour de ses trente ans. Il a ouvert un petit restaurant au Bois-Plage. On traverse une pinède pour y accéder. En juillet et en août, c'est toujours bondé. Il vaut mieux réserver pour espérer avoir une table.

François a pris la succession de son père, emporté par un cancer à l'âge de cinquante-quatre ans. Il tient le camion de boucherie sur le marché de La Noue tous les matins que Dieu fait. L'époque a changé et cependant, la clientèle reste fidèle.

Alice est devenue productrice de cinéma. On lui doit quelques films d'auteur multirécompensés.

Marc a exercé le métier d'ingénieur en région parisienne avant de partir s'installer aux États-Unis où il a rencontré son futur mari, un brillant avocat. Ensemble, ils ont deux enfants.

Quant à moi, je me suis mis à écrire des livres.

Nous n'avons jamais eu de nouvelles de Nicolas Tardieu. Il n'est pas réapparu. Son corps non plus n'a pas été retrouvé. Nous ne saurons jamais ce qui s'est réellement passé au cours de la nuit du 19 au 20 juillet 1985.

C'est sans doute pour cette raison que son souvenir, au long de toutes ces années, n'a cessé de me hanter. Les mystères irrésolus peuvent facilement virer à l'obsession.

J'imagine que la mort nous l'a ravi. Il m'arrive cependant de penser que le garçon mélancolique qui fumait une Marlboro, adossé à un mur, en un jour d'été lointain, est vivant quelque part. Et qu'il nous sourira de nouveau, dans la clarté d'un matin, et se dirigera vers nous cinq, miraculeusement réunis, après avoir jeté sur un trottoir le mégot de sa cigarette, comme si de rien n'était.

Faites de nouvelles rencontres sur **pocket.fr**

- Toute l'actualité des auteurs : rencontres, dédicaces, conférences...
- Les dernières parutions
- Des 1ers chapitres à télécharger
- Des jeux-concours sur les différentes collections du catalogue pour gagner des livres et des places de cinéma

POCKET
Un livre, une rencontre.

Philippe Besson
« Arrête avec tes mensonges »

« C'est complètement bouleversant. J'ai pleuré longtemps, c'était inarrêtable. »

Xavier Dolan

« Quand j'étais enfant, ma mère ne cessait de me répéter : "Arrête avec tes mensonges." J'inventais si bien les histoires, paraît-il, qu'elle ne savait plus démêler le vrai du faux. J'ai fini par en faire un métier, je suis devenu romancier. Aujourd'hui, voilà que j'obéis enfin à ma mère : je dis la vérité. Pour la première fois. Dans ce livre. Autant prévenir d'emblée : pas de règlement de comptes, pas de violence, pas de névrose familiale. Mais un amour, quand même. Un amour immense et tenu secret. Qui a fini par me rattraper. »

Retrouvez toute l'actualité de Pocket sur : **www.pocket.fr**

Philippe Besson
La Maison atlantique

« On sait que l'on ira jusqu'au bout, que l'on tournera les pages fébrilement – d'autant plus fébrilement que ce diable de Besson écrit court, sec, vif, à la manière d'un bon polar : on dirait Simenon égaré sur la côte atlantique. »

François Busnel – *LiRE*

Jusqu'à l'été de ses dix-huit ans, tout le séparait de son père, un séducteur impénitent, sûr de lui, et qui s'était surtout illustré par son absence. Alors quand père et fils se trouvent enfin réunis dans la maison familiale, face à l'océan, l'occasion semble propice à la réconciliation. Mais en huis clos, les rancœurs enfouies peuvent resurgir, le souvenir d'une disparue remonter à la surface. Et certaines retrouvailles, prendre des allures de vengeance en marche...

Retrouvez toute l'actualité de Pocket sur : **www.pocket.fr**

Philippe Besson
Son frère

« Un superbe et lumineux chant funèbre. On retrouve avec bonheur ce romancier authentique et sensible. »

**Hugo Marsan -
*Le Monde***

Ils sont deux frères, jeunes encore, réunis une dernière fois face à la mer, face à la mort. Thomas est malade. Lucas l'accompagne pour une ultime escapade sur l'île de Ré, la terre de leur enfance. Un banc au soleil.

Entre retrouvailles et chant du départ, chaque minute, désormais, mérite d'être vécue jusqu'au bout.

Retrouvez toute l'actualité de Pocket sur : **www.pocket.fr**

*Cet ouvrage a été composé et mis en page
par Nord Compo à Villeneuve-d'Ascq*

Imprimé en France par
CPI Brodard & Taupin
en avril 2025
N° d'impression : 3061352

Pocket – 92 avenue de France, 75013 PARIS

S34403/02